UNTER IHRER HAUT

EINE BAD BOY MILLIARDÄR LIEBESROMAN

JESSICA FOX

INHALT

Veröffentlicht in Deutschland:

Von: Jessica F.

© Copyright 2021

ISBN: 978-1-64808-959-6

❀ Erstellt mit Vellum

KLAPPENTEXT

Arturo Bachi ist ein stolzer Mann. Arrogant, selbstbewusst und umwerfend gut aussehend. Er könnte jede haben ... aber er will sie.

Das Erste, an was ich jeden Morgen beim Aufwachen denke, ist, ihre dicken, dunklen Haare um meine Faust zu wickeln, ihren schönen Kopf nach hinten zu ziehen und meine Lippen auf ihre köstlichen zu pressen ... Ich brauche sie genau jetzt in meinem Bett, meinen Schwanz tief in ihr vergraben, sie dominierend, sie in die Unterwerfung fickend ... aber sie sagt nein ... ich werde nicht aufgeben. Ich werde Hero Donati zu meinem Eigentum machen. Ich schwöre es ... ich werde alles dafür tun ...

KAPITEL 1

*A*rturo Bachi lächelte seine Gäste an, als er sein Glas erhob. „Morgen wird das letzte Apartment in der Villa Patrizzi zur Auktion freigegeben und mir wurde vom Verkäufer zugesichert, dass es dann endlich mir gehört. So, Freunde und Investoren, lasst uns auf das beste und exklusivste Hotel am Lake Como anstoßen – das zukünftige Hotel Bachi!"

Seine Freunde jubelten und applaudierten, und Arturo verließ die Bühne, um sich mit seinen Gästen zu unterhalten. Nach einer Stunde, in der er scheinbar jedem in Norditalien die Hände geschüttelt hatte, war er erleichtert, als sein bester Freund Peter ihn mit sich fortzog.

„Standhaftigkeit und Stärke", grinste Peter, als sie sich am Rand von Arturos Grundstück niederließen und auf die sanften Wellen des Lake Como schauten. Weiter draußen, auf der anderen Seite des Wassers, bettete sich eine Alpenstadt in die Berge ein und erhellte sanft die Nacht.

Peter hatte eine Flasche Scotch mitgebracht, und sie zündeten sich ihre Zigarren an. Peter lächelte seinen Freund zufrieden an. „So nah dran, Turo. Meinst du, es wird alles schnell gehen, nachdem der Verkauf abgeschlossen ist?"

Arturo nickte. „Das wird es. Alles ist vorbereitet: die Baufirmen, Architekten. Alle warten nur auf grünes Licht. Himmel, Peter, es scheint, als ob mein Traum endlich in Erfüllung gehen wird."

Seine grünen Augen leuchteten aufgeregt. „Ich habe allerdings noch einmal über den Namen nachgedacht. Hotel Bachi scheint etwas … maßlos."

Peter zuckte mit den Schultern. „Nicht unbedingt, aber ich verstehe, was du meinst. Die Hauptsache ist – wir sind ganz nah dran. Meinst du, das Apartment wird einen hohen Preis erzielen?"

Arturo schüttelte seinen Kopf. „Es ist winzig; nur vier Zimmer. Ich werde es in eine Suite mit angeschlossenem Appartement verwandeln. Ich glaube, ich werde es für einen Spotpreis bekommen; es gibt ein Preislimit und nachdem wir es uns gesichert haben, sind wir in der Lage, unsere geplanten Baumaßnahmen umzusetzen."

Er seufzte, als er fortfuhr. „Ein Teil von mir wünschte, dass ich mein eigenes Geld verwenden könnte, dann müsste ich nicht ständig allen wegen des Budgets Frage und Antwort stehen. Aber mein Steuerberater lässt das nicht zu." Er warf seinem Freund einen gespielt trotzigen zu und dieser zuckte mit den Schultern.

„Ich will einfach nicht, dass du bankrottgehst, Kumpel. Mit dem und deinen anderen Hotels rund um die Welt … du übernimmst dich, und das weißt du. Du kannst dich nicht darauf verlassen, dass deine Treuhandfonds dich über Wasser halten. Philipo könnte sie dir jeden Moment entziehen."

Arturo seufzte. Sein Onkel Philipo war der Testamentsvollstrecker des letzten Willens seines Vaters, weil Arturo noch zu jung gewesen war, um die Firma zu übernehmen, nachdem Frederico gestorben war. Bald danach war der trauernde Teenager in Alkohol und Drogen versunken und seitdem hatte Philipo Arturos Erbe in regelmäßigen Schritten ausgezahlt. Arturo würde den größten Teil des Erbes – etwa eine Milliarde Euro – im Alter von vierzig Jahren ausgezahlt bekommen. Er bewunderte und hasste seinen Onkel für diese Entscheidung, aber seine Vorsichtsmaßnahmen hatten Arturo dazu gezwungen, das wilde Leben hinter sich zu lassen und sich sein eigenes Vermögen zu erarbeiten.

Immobilien war die Karriere, die Arturo sich ausgesucht hatte, und mit seinem Naturtalent und Gefühl für den Markt hatte er bereits mit dreißig seine erste Milliarde verdient.

Jetzt, mit neununddreißig, stand er kurz davor, dieses Erbe seinem eigenen Vermögen hinzuzufügen und zu einem der reichsten Männer der Welt zu werden. Arturo lebte für seine Arbeit, aber er genoss auch die Vorzüge des Reichtums und es schadete nicht, dass er einer von Italiens – und wahrscheinlich sogar der Welt – bestaussehenden und begehrtesten Junggesellen war.

Mit einem Gesicht, das in einem Moment warm und freundlich und im nächsten gefährlich und grüblerisch sein konnte, hatte sich das gute Aussehen seiner Jugend zu einem männlichen und wie gemeißelt wirkenden Gesicht gewandelt; seine großen grünen Augen waren eingerahmt von dicken tiefschwarzen Wimpern; seine Brauen waren dunkel und dicht; sein Bart war getrimmt aber nicht zu übergenau; sein sinnlicher Mund war einen Hauch zu voll, seine wilden schwarzen Locken ungezähmt. Es musste gesagt werden – Arturo Bachi sah sensationell aus, und er wusste es.

Er hatte keine Zeit für Beziehungen und war immer ehrlich zu seinen vielen Liebschaften gewesen, denn Arturo schlief nie zweimal mit derselben Frau. Nicht seit Flavia, seiner Jugendliebe am College.

Er hatte Flavia von ganzem Herzen geliebt: sie war seine Zukunft, sein wahrer Norden, seine Liebe gewesen. Und Flavia hatte auch ihn geliebt, so wie er war, nicht weil er der reiche, gut aussehende Junge war, der in Geld und Glück hineingeboren worden war, sondern den albernen, lebenslustigen Jungen mit dem großen Herzen und der Poesie in der Seele.

3

Sie waren unzertrennlich gewesen, bis zu jener verhängnisvollen Nacht als Arturo zehn Minuten zu spät zur Party gekommen und Flavia von einem anderen Mann entführt worden war, einem mit Hass im Herzen und Mord in der Seele.

Sie hatten Flavia eine Woche später gefunden, mehrfach niedergestochen, ihr Körper war in einen See geworfen worden.

Arturo war, sobald er in den Nachrichten davon gehört hatte, zum See gelaufen; er kam gerade noch rechtzeitig an, um zu sehen, wie sie sie ans Ufer holten, ihr langes dunkles Haar klebte an ihrem Körper, ihre normalerweise dunkle Haut war grau und bleich. Das Wasser hatte das Blut weg gewaschen, aber Arturo konnte die Stichwunden in ihrem Bauch sehen – gemein, brutal. Er war auf die Knie gesunken und hatte geschrien bis ihn seine Freunde Peter und George von dort weggeholt hatten.

Arturo dachte jetzt an Flavia, ihre freundlichen braunen Augen, die ihn anfunkelten. Wie üblich brachte ihr Bild auch den Gedanken daran mit sich, wie verängstigt sie gewesen sein musste, als ihr Mörder sie umgebracht hatte.

Himmel. Unwillkürlich entschlüpft ihm ein Stöhnen, und Peter sah seinen Freund an. „Bist du okay?"

Arturo nickte, traute sich nicht zu sprechen. Peter, der schon immer in der Lage gewesen war, Arturos Gedanken zu lesen, sah ihn mitleidig an. „Flavia?"

Arturo nickte erneut. „Vielleicht ... Hotel Flavia?"

Peter seufzte. „Arturo, so süß diese Geste ach sein würde, es hilft dir nicht dabei, endlich Frieden mit der Sache zu schließen. Es ist jetzt zwanzig Jahre her, Kumpel."

Arturo nickte, wusste, dass Peter recht hatte. Seine Augen glitten hinüber zu Georges Villa. George Galliano, sein anderer Freund in jener Nacht. Aber jetzt nicht mehr.

. . .

4

„HEY." Peter stieß ihn mit der Schulter an. „Hör auf zu grübeln. Lass uns zu deinen Gästen zurückgehen."

Arturo leerte den Rest seines Scotchs, und sein Blick kehrte zu der fast leeren Villa am anderen Ufer des Sees zurück. Villa Patrizzi, von der ihm im Moment 99 Prozent gehörten. Morgen würde sie ihm ganz gehören.

Er konnte es nicht mehr erwarten.

Hero Donati sah sich in dem winzigen Apartment um. Sie hatte den Immobilienhändler davon überzeugt, sie hineinzulassen, sogar zu so später Stunde, damit sie sich auf morgen vorbereiten konnte. Dieser Ort war perfekt: klein, kompakt und mit einem Balkon, der zum See hinaus ging, wo sie sitzen konnte, lesen, malen oder einfach ... sein.

Frieden. Einsamkeit. Wie oft hatte sie sich das in den letzten beiden Jahren herbeigesehnt. Hier konnte sie sich zumindest vorstellen, wieder etwas davon zurückzugewinnen.

Zurück im Hotel überprüfte sie ihr Bankkonto zum hundertsten Mal, stellte sicher, dass das Geld überwiesen und bereit war für die Auktion morgen, dann ging sie in die Badewanne. Sie wickelte ihre lange dunklen Haare auf dem Kopf zusammen. *Ich sollte sie wirklich schneiden lassen*, dachte sie. Ihre Haare fielen ihr bis über die Taille; sie war seit ewiger Zeit nicht mehr beim Friseur gewesen. Sie riskierte einen Blick in den Spiegel, sah dann aber wieder weg. Ihre dunklen Augen hatten immer noch den gehetzten Ausdruck, an den sie sich bereits gewöhnt hatte, aber sie konnte sich nicht lange ansehen.

Hero Donati war bei ihrer Geburt von einem italienisch-amerikanischen Geschäftsmann und seiner Frau adoptiert worden, die bereits eine Tochter, Imelda, hatten. Heros richtige Mutter war eine junge indische Studentin gewesen, die von ihrem italienischen Liebhaber schwanger geworden war und ihr Kind zur Adoption freigegeben hatte, nicht fähig dazu, selbst für ihr Kind zu sorgen. Von ihrer Mutter hatte Hero ihre dunkle Schönheit geerbt – sie zog auto-

5

matisch so viel männliche Aufmerksamkeit auf sich, dass Hero gelernt hatte, ihr Aussehen herunterzuspielen. Sie benahm sich wie ein kleiner Junge, trug Brillen mit dicken Rändern und blieb Single, bis sie Tom kennengelernt hatte.

Tom mit seinen fröhlichen grauen Augen und den blonden Haaren hatte niemals mit ihr geflirtet. Stattdessen hatten sie im College nebeneinander gesessen und sich zusammen über die ganzen reichen Kids lustig gemacht. Tom, der aus einer Arbeiterfamilie aus Wisconsin stammte, war ihr bester Freund geworden und dann, eines Abends, ihr Liebhaber. Sie heirateten am Tag nach ihrem Schulabschluss, und ein Jahr später war Beth geboren worden, und die Familie zog nach Chicago.

Hero war zu einer Mutter und Ehefrau geworden und stellte schockiert fest, dass sie es liebte. Hero arbeitet an ihrer Doktorarbeit, während sie Beth aufzog, und sie und Tom waren unglaublich glücklich miteinander; sogar Heros Beziehung zu ihrer Adoptivfamilie hatte sich verbessert. Beth war ein Bündel aus Freude und Liebe und sogar Heros Schwester Imelda, die keinerlei Muttergefühle besaß, war verrückt nach dem kleinen Mädchen.

Drei Jahre, vier Monate und sechs Tage später kam alles zu einem brutalen Ende. Die Familie war auf dem Weg nach Wisconsin gewesen, um Weihnachten mit Toms Familie zu verbringen, als ein betrunkener Fahrer mit Höchstgeschwindigkeit in ihren Volvo gekracht war. Die drei Jahre alte Beth war sofort tot, Tom aber lag in einem Koma, bis fünf Tage später sein Hirntod festgestellt wurde. Seine Eltern hatten die Entscheidung getroffen, die Maschine abzuschalten, denn Hero konnte das nicht; sie lag auch im Koma, und man ging nicht davon aus, dass sie überlebte.

Als sie drei Monate später aufwachte, wünschte sie sich, sie wäre tot. Keine Worte konnten die Heftigkeit ihres gebrochenen Herzens beschreiben. Ihre besorgten Eltern und auch Toms Eltern hatten versucht zu ihr durchzudringen, schafften es aber nicht. Sie verklagten die Firma des betrunkenen Fahrers in ihrem Namen und sicherten Hero ein Schmerzensgeld von knapp 11 Millionen Dollar, aber auch dann schaffte Hero es nicht, darüber nachzudenken noch einmal neu anzufangen.

Vier Monate lang schloss sie sich in ihrer Wohnung, die sei mit ihrem Ehemann und ihrer Tochter geteilt hatte, ein und ließ das Leben an sich vorbeiziehen. Es brauchte zwei Vorfälle, um sie aus ihrer Festung herauszuholen.

Der erste war immer noch unglaublich für Hero. An einem Abend machte es klick in Hero und anstatt in einem von Toms Sweatern mit ihrer Lieblingsdecke auf der Couch zu sitzen, zog sie ihr engstes Kleid an, legte Make-Up auf und ging in einen Nachtklub in der Stadt. Sie betrank sich bis fast zur Besinnungslosigkeit, tanzte, machte mit Fremden herum und war fest entschlossen jemanden zu ficken, nur um die Schmerzen zu betäuben, aber sie hatte sich den Falschen ausgesucht – den ganz Falschen. Sobald der Mann sie in seinem Auto hatte, wurde er gewalttätig, und Hero kämpfte um ihr Leben, lief schnell weg, nachdem sie ihren Angreifer in die Eier getreten hatte.

Sie hatte sich ein Taxi nach Hause genommen und in ihrer Wohnung verbrachte Hero weinend und schreiend den Rest der Nacht.

Einer ihrer Nachbarn hatte Imelda angerufen. „Ich glaube Hero braucht dich."

Imelda, die niemals eine herzliche Person gewesen war, zog Hero aus und stellte sie unter die Dusche. Sie fütterte ihr Haferflocken, flößte ihr starken Kaffee ein und gab ihr Schlaftabletten, brachte ihre Adoptivschwester ins Bett und blieb bei ihr, während sie schlief.

Am nächsten Tag hörte sich Hero beflissen Imeldas barsche Zurechtweisung an. Imelda wählte ihre Worte nicht vorsichtig. „Es ist mir egal was du tust Hero, aber tu etwas. Geh auf eine Weltreise, öffne eine Kunstgalerie, unterrichte in China. Aber du musst zu Sinnen. Tom und Beth sind tot."

. . .

HERO HATTE SICH ZU IHRER SCHWESTER UMGEDREHT. „MEINST DU, ICH habe das vergessen, Melly? Ich weiß, dass sie verdammt noch mal tot sind! Ich wünschte ich wäre es auch!"

Imelda bereute ihre Kälte. „Dann tu es. Bring dich um. Sei so selbstsüchtig. Mama und Papa brauchen das neben Beths Tod auch noch. Tu es."

Hero hatte ihre Schwester angestarrt. Sie wusste, dass Melly sie nur aus ihrer Starre holen wollte, aber in dem Moment hasste sie ihre Schwester. Hasste sie. „Ich muss aus diesem verdammten Land raus."

„Gut. Tu es. Tschüss." Imelda ging hinaus und rief über ihre Schulter: „Und falls ich dich wiedersehen sollte, es wird zu früh sein."

Blöde Kuh.

Hero war jetzt wütend, aber ihre Wut war zu einem kalten, stillen Etwas geworden, das ihre Seele auffraß. Sie würde entkommen. Sie würde wieder nach Italien gehen; sie hatte noch ihre Staatsbürgerschaft. Vielleicht würde sie versuchen, ihre Mutter und ihren Vater zu finden – ihre leiblichen Eltern. Vielleicht. Sie wusste nur, dass sie im Moment keinen Augenblick länger in Chicago bleiben wollte.

Sie verbannte diese Gedanken aus der Vergangenheit, stieg aus der Badewanne und ging ins Bett. Morgen würde sie für das kleine Apartment in der Villa Patrizzi bieten. Sie würde gewinnen. Und dann würde sie dort einziehen. Und vielleicht. Vielleicht. *Vielleicht* konnte sie dann ihr Leben neu beginnen.

KAPITEL 2

*D*ie große Terrasse von der Villa D'Este in Cemobbio war angefüllt mit der Elite von Lake Como: die Frauen waren wunderschön, die Männer gut aussehend in ihren Designeranzügen, während sie herumliefen, die Champagnergläser in der Hand, und miteinander plauderten, bevor die Auktion begann.

Es gab nur eine Wohnung in dieser Auktion und als Arturo eintraf, ging er zum Auktionator, um dessen Hand zu schütteln. „Ich freue mich hierauf, Claudio."

Der ältere Mann nickte. „Es fühlt sich fast wie eine Feier an, Signore Bachi. Ich habe das Gefühl, dass Sie am Ende des Tages ein glücklicher Mann sein werden."

Als Arturo zu Peter ging, den er am anderen Ende des Raumes sehen konnte, wurde er ständig von hübschen Frauen und Männern, die bewundernd zu ihm aufsahen, aufgehalten, und alle wollten ein paar Augenblicke seiner kostbaren Aufmerksamkeit. Als er endlich bei Peter ankam, der die Augen verdrehte und grinste, war Arturos Selbstbewusstsein bis in den Himmel geklettert.

„Peter, mein Freund, das ist ein guter Tag."

„Sei vorsichtig mit deinem Optimismus, Turo", sagte Peter mit seiner typischen kanadischen Starrköpfigkeit. Arturo grinste seinen Freund an.

Als sie sich in Harvard getroffen hatten, hatten sie schnell festgestellt, dass sie dieselbe Art von Humor hatten. Peter hatte ständig wechselnde Freundinnen gehabt, und Arturo hatte Flavia und war unglaublich glücklich gewesen. Erst nachdem Flavia ermordet worden war, hatte Peter zum ersten Mal seine ernsthafte, loyale Seite gezeigt. Er war Arturo während der Beerdigung und der nachfolgenden Ermittlung, bei der Arturo automatisch als Verdächtiger galt, nicht von der Seite gewichen. Zu seinem Glück hatte er ein starkes Alibi; der Grund, aus dem er zu spät zur Party gekommen war, war, dass er einer jungen Mutter im strömenden Regen geholfen hatte, einen Reifen zu wechseln. Die Frau war die Tochter des Besitzers der lokalen Zeitung und als man Arturo verdächtigte, sagte sie sofort aus.

Peter Armley war ein Jahr älter als Arturo, bereits vierzig und immer noch überzeugter Single. Anders als Arturo war er wählerisch mit wem er schlief und rief immer wieder zurück, auch wenn er sich nur verabschiedete. Er stand mit den meisten seiner früheren Freundinnen auf freundschaftlichem Fuß, war sogar mit ein paar von ihnen eine Zeitlang ernsthaft zusammen gewesen. Er war ein großer Mann, nur ein paar Zentimeter kleiner als Arturo, und konnte leicht als Römer mit Toga im Kolosseum durchgehen. Sein gut aussehendes Gesicht war wie aus Stein gemeißelt, aber wenn er lächelte, dann leuchteten seine Augen warm. Sein kurzgeschnittenes braunes Haar war immer ordentlich, und seine Anzüge waren von Saville Row.

Er war ein Mathegenie und von Philipo als Finanzdirektor der Firma angestellt – und um sich um Arturos Finanzen zu kümmern. Arturo neckte seinen Freund damit, dass er so genau war, aber Arturo verdankte es Peter, dass er finanziell der Mann war, der er jetzt war.

„Hör mal", sagte Arturo zu seinem Freund. „Ich will, dass du weißt, dass wenn bei dieser Auktion alles gut geht, dass ich das nur dir verdanke, Pete. Du hast mich aus der Scheiße geholt. Ich liebe dich, Bruder."

„War mir ein Vergnügen." Peter lächelte und sah auf die Uhr. „Zwanzig Minuten."

Arturo nickte. „Ich muss nochmal zur Toilette, bevor es losgeht. Halt meinen Champagner."

Er ging in die Villa und fand die Toilette im zweiten Stock. Es war still hier oben, und Arturo entspannte sich einen Moment, bevor die Auktion begann. Er verließ die Toilette, machte sich auf den Weg nach unten und hielt inne.

Am anderen Ende des Ganges stand eine Frau und starrte aus dem Fenster, er sah nur ihr Profil, und sein Herz setzte fast aus. Ihr langes dunkles Haar fiel ihr in weichen Wellen über die Schulter, und sie sah so traurig aus, dass Arturos Brust sich schmerzhaft zusammenzog. Ihre Ähnlichkeit mit Flavia war so verblüffend, dass Arturos ganzer Körper schrie und ihn drängte, zu ihr hinzugehen.

Sie trug ein weißes Kleid das kurz über dem Knie endete; das Kleid schmiegte sich an ihren Körper an, an ihre vollen Brüste, die sanfte Kurve ihres Bauchs, die langen Beine. Sie schien seine Anwesenheit bemerkt zu haben, sah auf, und Arturo fühlte einen schmerzhaften Stich, als er die unendliche Traurigkeit in den schönen braunen Augen sah. Er wollte wissen, warum diese schöne Frau so unglücklich war und wie er sie wieder zum Lachen bringen konnte.

„Buongiorno", sagte er leise. Sie blinzelte, diese großen Rehaugen sahen ihn erschrocken an, als er sprach.

„Buongiorno." Eine leise Stimme mit amerikanischem Akzent. Ihre Lippen waren voll, rosa und leicht geöffnet, und Arturo merkte, wie sein Körper auf sie reagierte, wie ihn eine vollkommen Fremde erregte.

Sie starrten sich eine Weile an, bevor sie sich wieder abwandte. „Scuzi." Sie verschwand wieder im Hotel, und Arturo trat nach vorn, bereit sie zu verfolgen, aber dann hörte er Peters Stimme auf der Treppe.

„Turo? Sie sind so weit. Komm."

Arturo zögerte, sein Herz klopfte noch hart in seiner Brust. Himmel ... was für eine verdammt hübsche Frau ... er musste wissen wer sie war.

„Turo? Komm schon. Das Hotel Bachi wartet."

Eine halbe Stunde später dachte Arturo nicht länger an die schöne Frau, auch hatte er keine gute Laune mehr. „Wie zur Hölle konnte das passieren? Es ist doch passiert, oder?"

Er war überboten worden. Er, Arturo Bachi, war *überboten* worden. Das Apartment war verkauft, aber nicht an ihn. Er konnte die Blicke seiner Freunde, Kollegen und Investoren spüren, als er versuchte zu verarbeiten, was gerade passiert war.

DIE AUKTION HATTE WIE ERWARTET ANGEFANGEN, IRGENDWO IN DEN unteren hunderttausend, und war schnell nach oben zu fast einer Million gegangen. Arturo hatte triumphierend zu Peter geschaut, dann zu George Galliano, der ihm sarkastisch mit seinem Champagnerglas zuprostete.

Und dann war alles den Bach hinuntergegangen. Genau als der Auktionator den Hammer schlagen wollte, kam ein neues Gebot. Zwei Millionen. Ein Flüstern war durch die Menge gegangenen. Arturo war schockiert zurückgewichen und hatte seinen Blick über die Anwesenden schweifen lassen, aber er oder sie verriet sich nicht.

„Zwei-Fünf", erwiderte er.

Drei Millionen.

Peter sah alarmiert aus, schüttelte seinen Kopf in Arturos Richtung. Das obere Ende ihres Budgets für das Apartment war nur anderthalb Millionen, und das Apartment war sowieso nur ein Zehntel davon wert.

„Vier Millionen", rief Arturo und Peter gab ein ersticktes Geräusch von sich.

„Turo, nein."

Fünf Millionen. Ein erneutes lautes Aufkeuchen der Menge und Geflüster. Peter griff Arturos Arm, als der Auktionator ihn ansah. „Signore Bachi?"

„Arturo, wenn du das tust, dann bin ich draußen. Das meine ich ernst, ich kündige. Du kannst das nicht tun. Das ist unvernünftig. Wer auch immer das ist ... offenbar bedeutet ihm Geld gar nichts. Lass es sein. Wir lassen uns etwas anderes einfallen."

Arturo sah seinen Freund hilflos an. Peter machte keine Scherze, aber es war Arturos Traum, der sich gerade in Luft auflöste.

„SIGNORE BACHI?"

Alle starrten ihn an. Peters Augen waren ernst, und endlich schüttelte Arturo seinen Kopf, und sein Herz rutschte ihm in die Hose. „Nein."

Ein erneutes Summen unter den Gästen, und der Hammer fiel. „Verkauft für fünf Millionen Euro."

„An wen?"

„Ja, an wen?"

„Wer hat es gekauft?"

Die Fragen prasselten auf sie ein. Der Auktionator hielt seine Hände hoch. „Es tut mir leid meine Freunde. Der Käufer wünscht anonym zu bleiben."

Arturo spürte, wie die Wut in ihm aufstieg. „Der wird nicht lange anonym bleiben", sagte er grimmig, und Peter seufzte.

„Lass uns von hier verschwinden, Turo. Ich gebe dir einen Drink aus."

Auf ihrem Weg nach draußen und trotz seiner Verärgerung, dachte er an die schöne Frau, und er sah sich um, war enttäuscht, als er sie nirgendwo sah. Er könnte jetzt einen guten Fick gebrauchen, um seine Wut herauszulassen.

Als er es dachte, schämte er sich. Nein. Sie war nicht jemand, den er am nächsten Morgen vergessen konnte. Etwas an ihr sprach ihn an, es war mehr als nur Verlangen; er fühlte sich mit der tiefen Traurigkeit auf ihrem sanften Gesicht verbunden.

Er dachte immer noch an sie, als sie in Peters Lamborghini einstiegen und zurück zu der Bar in Como fuhren, die er und Peter besaßen, und seltsamerweise spürte er, wie sein Ärger schneller verflog, als er gedacht hatte.

Er musste sie wiedersehen – das war Arturo klar. Er musste sie wiedersehen – und zwar bald. Denn mehr als alles andere, an diesem Tag der Enttäuschung, wollte er sie lächeln sehen.

KAPITEL 3

*H*eros Hand zitterte, als sie die Papiere unterschrieb, die sie
zur Besitzerin des Apartments in der Villa Patrizzi machten. Fünf Millionen Euro. Heilige Scheiße. Sie hatte nicht geahnt, dass
sie so hoch gehen würde für etwas, das eigentlich nur 4 kleine
Zimmer waren, aber als die Gebote höher kletterten, war es zu einer
Notwendigkeit geworden, dass sie es sich sicherte. Es schien unmög-
lich, dass sie es nicht schaffen würde.

Und dann bemerkte sie, gegen wen sie bot. Ihn. Der Mann, den sie
oben getroffen hatte; der Mann, dessen Schönheit ihren Körper nach
nur einem Blick in Flammen gesetzt hatte. Seine grünen Augen, tief
und gefährlich, seine dunklen Locken ... sein unglaublicher Körper in
dem exquisiten Anzug ... *Jesus*. Als sie sich angestarrt hatten, war alles,
woran Hero denken konnte, wie es wohl sein würde, wenn er auf sie
zukam, sie berührte, sie direkt dort am Fenster fickte. Gott, sie war
allein bei dem Gedanken, was sich unter seinen Sachen versteckte,
nass geworden.

Und sofort schämte sie sich. Sie hatte noch niemals jemanden gegenüber so empfunden – selbst bei Tom nicht. Sie hatte Tom mit jeder
Faser ihres Körpers geliebt, aber sie waren beste Freunde gewesen,
bevor sie zu einem Liebespaar geworden waren.

Aber der Ausdruck in den Augen des Mannes war ein Spiegel ihrer eigenen Gefühle gewesen, das konnte sie sehen. Sie hätte nur die Worte sagen brauchen ... fick mich ... und sie wusste ohne Zweifel, dass er nicht gezögert hätte.

UND SIE WOLLTE IHN DAFÜR BESTRAFEN, DASS ER SIE SO EMPFINDEN LIEß, dass er sie dazu brachte, ihren Erinnerungen an Tom untreu zu werden, sie ihr wegzunehmen. Also hatte sie diesen lächerlichen Betrag geboten, um ihn bei dem Apartment zu schlagen. Und hatte gewonnen. Es war ein teuer erkaufter Sieg. Fünf Millionen war ein großes Stück von ihrem Schmerzensgeld – und das Apartment war es definitiv nicht wert.

Sie schob den Gedanken beiseite, als sie die Hand des Auktionators schüttelte. „Würden Sie mir bitte ein Taxi rufen?"

„Natürlich, Madam. Bitte warten Sie hier und machen Sie es sich bequem."

Hero setzte sich und versuchte ihre zitternden Hände zu beruhigen. Vielleicht sollte sie heute Abend zum Essen ausgehen, durch die Stadt spazieren, sich unter die Touristen mischen und versuchen, sich wieder wie ein Mensch zu fühlen. Die Papiere für das Apartment würden schnell durchgehen und sie wäre bereits Ende der Woche in der Lage einzuziehen.

Nicht das sie irgendetwas hätte was sie umziehen konnte, außer ihren Sachen, ihrem Künstlerbedarf und ihren Büchern. Sie musste sich von irgendwoher einen Plattenspieler und ein paar Schallplatten besorgen: Ella Fitzgerald, Billie Holiday und vielleicht Paolo Conti. Sie sah sich schon wie sie auf dem Balkon saß, auf den See hinausschaute, ihre Wasserfarben vor sich und Billie lauschte. Das war Heros Vorstellung vom Himmel. Vielleicht etwas zu essen: frisches Brot, etwas Käse, eine Tüte mit süßen, saftigen Pfirsichen. Kalter Weißwein. Das Bild war so anziehend, dass sie automatisch lächelte und als der Auktionator kam, um ihr zu sagen, dass das Taxi wartete, schüttelte sie seine Hand enthusiastischer, als sie es vorgehabt hatte.

Zurück im Hotel wechselte sie aus ihrem formellen Kleid in ihre übliche Kleidung aus Shirt und Jeans. Sie warf einen Blick in den Spiegel, der bis zum Boden reichte und dachte sich, dass sie sich wirklich besser kleiden sollte.

Du siehst wunderschön aus, egal was du anhast. Toms Worte kamen ihr in Erinnerung.

Ihre Augen füllten sich mit Tränen, und sie wischte sie sofort weg. *Hör auf zu weinen.*

Sie konnte jetzt in die Stadt gehen, ein bisschen die Schaufenster ansehen oder tatsächlich etwas kaufen. Ich habe ein neues Zuhause. Zeit es kennenzulernen.

Sie nahm ihre Handtasche, hing sie sich über die Schulter und verließ das Hotelzimmer.

Es war schon spät als Peter Arturo an der Bar verließ und nach Hause ging. Arturo, von ein paar Wodkas etwas angeheitert, saß draußen an einem der kleinen Tische, rauchte eine Zigarre und beobachtete die Menschen. Beobachtete Menschen und brütete über seine heutigen Verlust. *Verdammt.* Peter hatte es ihm ausgeredet, den Auktionator auszuquetschen, wer das Apartment gekauft hatte.

„Sei nicht blöd, Kumpel. Warte ein paar Wochen bis die Person einzieht und klopfe dann an die Tür."

„Was, wenn derjenige nicht einziehen will? Was, wenn derjenige es nur gekauft hat, um mir eins auszuwischen?" Dann kam ihm ein Gedanke. „Scheiße, ich wette es war George."

Peter seufzte. „Fang damit erst gar nicht an. Dieser Streit zwischen euch beiden ... dauert schon viel zu lange."

Arturos Augen verengten sich. „Er hat Flavia gefickt, Peter. Er hat meine Freundin gefickt und es mir erzählt, nachdem sie ermordet worden war."

Peter nickte, seine Augen blickten ernst. „Ich weiß, Turo. Aber ... wir alle haben Flavia auch verloren. Du weißt, dass er Gefühle für sie hatte – und gib es zu, du hast vor ihm angegeben."

Arturo wandte den Blick ab. „Ich war jung und dumm."

„Genau wie er."

Arturo schüttelte seinen Kopf. „Er ist zu weit gegangen, Pete. Warum musste er mir das erzählen? Ich hatte bereits das Bild von Flavia vor Augen, tot, ausgeweidet und dann hat er mir ein weiteres gegeben, die beiden zusammen." Sein angenehmer Rausch wackelte gefährlich bei der Erinnerung.

„Turo, hör auf", warnte Peter. „Schau nach vorn. George hat das Apartment nicht gekauft. Ich habe gesehen, wie er gegangen ist, bevor die Auktion begonnen hat."

Arturo seufzte. „Schön. Aber er hätte jemanden schicken können der ..." Der düstere Blick seines Freundes brach endlich durch den betrunkenen Nebel in seinem Kopf. „Okay, ich höre schon auf."

Peter sah auf seine Uhr. „Mann, ich muss gehen. Ich komme morgen früh zu dir. Wir reden dann darüber, was wir als nächstes tun."

Jetzt erhob sich Arturo, warf Geld für die Getränke auf den Tisch und ging in Richtung Stadt. Er wanderte eine Weile ziellos durch die Seitenstraßen, aber als er in eine Nebenstraße einbog, um zu seinem Auto zurückzulaufen, sah er eine Frau vor sich herlaufen. Er genoss den Schwung ihrer Hüften, die Kurve ihrer Taille, ihren runden, perfekten Hintern. Sie trug nur ein graues Shirt und Jeans, aber die Art, wie sie sich bewegte ...

Sie bleib stehen und drehte sich um, um sich ein Schaufenster anzusehen, und Arturo fühlte, wie sich sein Puls beschleunigte, als er ihr Profil sah.

Sie war es. Sein Mädchen im weißen Kleid aus der Villa D'Este. Einen Augenblick lang beobachtete er sie. Himmel, sie war wunderschön –

herzzerreißend, schmerzend schön. Er trat hinter sie und erwiderte ihren Blick im Spiegelbild des Fensters. Er las so viel in ihren schönen Augen: Traurigkeit, Resignation – Hitze.

Keine von beiden sprach ein Wort. Dann riskierte Arturo es, seine Hand um ihre Taille zu schlingen und ihren Bauch durch ihr Shirt hindurch zu streicheln. Sie riss die Augen auf, und er hielt inne, fragte sich, ob er einen schrecklichen Fehler machte und alles vollkommen falsch verstanden hatte. Aber dann lehnte sie sich zurück an seinen Körper, und ihre Hand legte sich auf den Schwanz in seiner Hose. Arturo stöhnte und drückte sich sofort enger an sie. Er strich ihre Haare beiseite und presste seine Lippen auf ihren Nacken.

Sie drehte sich in seinen Armen um und starrte zu ihm auf, ihre Augen waren wachsam, aber voller Verlangen. Er streichelte ihre Wange mit seinem Daumen. „Bonne noche. Ich bin -"

Sie schnitt ihm das Wort ab, indem sie ihre Lippen fest auf seine drückte.

„Keine Namen." Ihre Stimme war ein tiefes, raues Flüstern, und sie sandte kleine Schauer durch seinen Körper. Er nickte und reichte ihr seine Hand. Sie nahm sie, zögerte nur einen winzigen Augenblick und langsam führte er sie zu seinem Auto. Er wandte sich fragend zu ihr um. „Ja?"

Sie nickte, und er öffnete die Tür für sie. *Was tust du da, Mann? Du kennst nicht einmal ihren Namen!* Aber er brachte die innere Stimme zum Schweigen und glitt auf den Fahrersitz. Er strich zärtlich eine Locke hinter ihr Ohr. „Rate mal, was wir jetzt tun werden?"

Ein Lächeln. Endlich ein Lächeln. Klein, zögernd, aber ein Lächeln. Er konnte seine Augen nicht von ihrem hübschen Gesicht abwenden. Er küsste sie erneut, bevor er den Motor anließ und zu seiner Villa fuhr.

KAPITEL 4

*H*ero konnte zum zweiten Mal an diesem Tag nicht aufhören zu zittern. *Was zur Hölle tust du da?* Sie fragte sich das immer wieder. So viele Gefühle rauschten durch sie hindurch, aber keines davon war so stark wie das Bedürfnis, diesen Mann zu ficken. Als er hinter ihr aufgetaucht war und sie gesehen hatte, wie seine Augen ihr Gesicht im Schaufenster gesucht hatten, hatte sie gewusst, was passieren würde.

Als er es gewagt hatte, ihren Bauch zu berühren – woher zur Hölle wusste er, dass das ihre erogenste Zone war? – war sie verloren gewesen. Seine Lippen waren an ihrem Hals, und sie wollte ihn berühren. Sein Schwanz, der bei ihrer Berührung zuckte, war heiß, dick und lang, und Hero zitterte vor Verlangen.

Jetzt, als er in die Einfahrt seiner Villa abbog, bekam sie kaum etwas anderes mit als den Mann neben sich und die Art, wie er ihre Hand hielt, als sie zum Haus gingen, die Treppe hinauf und direkt in sein Schlafzimmer. Als er sie erneut berührte, sie in seine Arme zog und sie leidenschaftlich küsste, wurde sie ganz wirr im Kopf.

„Ich werde dich so hart ficken, meine Schöne." Seine tiefe, samtige Stimme sandte Schauer durch ihren Körper – Himmel, dieser Mann war purer Sex.

„Warte nicht mehr, fick mich jetzt", sagte sie atemlos, und er grinste triumphierend. Er zog ihr das Shirt über den Kopf und befreite ihre Brüste aus dem BH, nahm ihren Nippel seinen Mund und saugte so fest, dass sie dachte, sie würde vor Lust ohnmächtig werden.

Er hielt nur inne, um ihre Jeans und Unterhose auszuziehen, legte sie auf das Bett und zog seine eigenen Sachen schnell aus. Hero konnte ihre Augen nicht von seinem Körper abwenden: harte Muskeln, Waschbrettbauch und sein Schwanz, so dick und stolz.

Er lächelte sie bewundernd an, nahm seinen Schwanz in die Hand. „Das ist alles für dich, mein süßes Mädchen. Spreize deine wunderschönen Beine für mich und lass mich deine köstliche Fotze sehen."

Hero tat, worum er bat, und mit einem Stöhnen ließ er sich zwischen ihre Beine sinken und vergrub sein Gesicht in ihrem Geschlecht, leckte und reizte sie, ließ seine Zunge um ihre Klitoris schnellen, bis sie steinhart war und tauchte dann seine Zunge tief in ihre Fotze, bis sie vor Verlangen fast weinte.

Als sie kam, zog er ein Kondom über seinen Schwanz, legte sich auf sie und stieß seine Länge tief in sie, brachte sie zum Schreien. Er nagelte ihre Hände auf dem Bett fest, seine Augen lagen auf ihren. „Cosi Bella, cosi Bella ..." So wunderschön.

Es lagen viele Gefühle in seinen Augen, als sie sich liebten, und Hero fühlte sich wie eine Fremde in ihrer eigenen Haut, als ob es ihr schon lange bestimmt gewesen war, diesen Mann zu treffen, ihn zu lieben, heute Nacht hier zu sein – diese Nacht mit ihm zu verbringen.

Ihr Orgasmus traf sie heftig, und sie wölbte den Rücken auf, drückte ihren Bauch an seinen, ihre Brüste an seine Brust. Der Mann vergrub sein Gesicht an ihrem Hals, küsste, saugte und biss sie, während er bei seinem eigenen Orgasmus stöhnte, und sie erschauderte, als sie spürte, wie er kam. Seine Lippen glitten über ihr Rückgrat. „Entschuldige mich für einen Moment, Bella."

SIE HÖRTE, WIE ER INS BADEZIMMER GING, SCHEINBAR UM DAS KONDOM zu entsorgen, und sie lag erschöpft da, ihre Augen geschlossen und ließ ihren Körper ausruhen. Ihre Haut fühlte sich an, als stünde sie in Flammen und als er wieder ins Bett kam und mit seinem Fingernagel einen Kreis um ihren Bauchnabel zog, schloss sie seufzend die Augen.

Arturo gluckste. „Du hast einen sehr sensiblen Bauch, meine Schöne." Er ließ seinen Daumen in ihren Bauchnabel gleiten und fickte ihn damit, ließ sie vor Wonne stöhnen. Er gluckste, als sie erneut kam, seufzend und leise lachend.

„Gott, was du mit mir machst ..." Ihre Augen schimmerten, und er war froh zu sehen, dass die Traurigkeit in ihnen wich.

„Sag mir deinen Namen, Mädchen."

Aber sie schüttelte ihren Kopf. „Keine Namen. Es ist perfekt, wie es ist."

„Dann lass uns einfach ..." Er sah sich nach Namen um, und sein Blick fiel auf das Buch auf dem Nachttischkästchen. „Beatrice und Benedict nennen. Von 'Viel Lärm um nichts'."

Er war überrascht, als sie rot wurde. „Was?"

„Nichts. Magst du Shakespeare?"

Er nickte. „Sehr. Und du?"

„Einiges. Ich habe ihn am College studiert, aber ich muss sagen, dass ich moderne Autoren bevorzuge."

Arturo lächelte. „Zum Beispiel?"

„McCarthy, Angelou, Arundhati Roy, Haruki Murakami."

Arturo lächelte. „Ich bin auch ein Fan von Murakami. Dein Lieblingsbuch von ihm?"

„Kafka am Ufer."

„Meines auch."

Sie sah ihn skeptisch an, und er hob die Hände. „Ich schwöre, Principessa."

„Ich werde dir glauben." Sie sahen sich lange an, dann legte sie ihre Hand an seine Wange. „Du siehst wirklich gut aus."

Arturo grinste und neigte den Kopf. „Danke."

Sie kicherte über sein Selbstbewusstsein. „Ich vergaß, dass italienische Männer keine Zeit für falsche Bescheidenheit haben."

Arturo stützte sich auf einen Ellbogen. „Vergaß? Lebst du nicht hier?"

„Nein. Ich bin erst hierhergezogen. Ich bin hier geboren, habe aber den größten Teil meines Lebens in den Staaten verbracht."

„Wo?"

„Chicago."

Er lächelte. „Schöne Stadt." Aber er bemerkte, wie die Traurigkeit wieder in ihre Augen trat. Er beugte sich vor und küsste sie. „Schönes Mädchen, was ist los? Warum siehst du so traurig aus? Was quält dich?"

Sie starrte ihn an und setzte sich dann auf. „Ich muss weg." Sei griff nach ihrer Kleidung und begann sich anzuziehen.

Arturo amüsierte sich über diesen plötzlichen Wandel. „Habe ich etwas Falsches gesagt? Oder getan?"

Sie schüttelte ihren Kopf, sah aus, als würde sie gleich losweinen. „Nein." Sie hielt inne, zögerte und presste ihre Lippen für eine Sekunde auf seine. „Du bist perfekt", flüsterte sie, legte ihre Stirn an seine, schloss ihre Augen. „Deshalb muss ich gehen."

Er spürte ihre Tränen auf seiner Wange und nahm ihr Gesicht in seine Hände. „Geh nicht. Bleib. Bleib bei mir."

Sie schüttelte ihren Kopf. „Ich kann nicht."

Arturo verspürte einen Schmerz in seiner Brust. Er wollte nicht, dass diese Nacht endete, wollte nicht, dass sie ihn verließ. „Lass mich dich wenigstens heimfahren."

Sie zögerte, diese großen braunen Augen wachsam auf ihn gerichtet, nickte dann aber. „Danke."

Sie sprachen nicht, als er sie zurück ins Hotel fuhr, aber Arturo hielt ihre Hand, und sie zog sie nicht weg. An dem Hotel brachte er sie zur Tür. „Kann ich dich anrufen?"

„Ich glaube nicht, dass das eine gute Idee ist. Diese Nacht war ... eine Ausnahme. Bitte lass sie so perfekt, wie sie ist."

Unglücklich schloss er sie in seine Arme und küsste sie. „Ich werde dich niemals vergessen. Falls du deine Meinung ändern solltest ... mein Name ist Arturo Bachi. Jeder kennt mich. Du brauchst nur anzurufen."

Sie küsste ihn noch einmal, verharrte, um sich das Gefühl seiner Lippen auf ihren einzuprägen.

„Auf Wiedersehen, Arturo Bachi. Ich werde dich auch niemals vergessen."

Zögernd gab er sie frei, beobachtete, wie sie das Hotel betrat und aus seinem Leben verschwand. Er stieg wieder ins Auto und fühlte sich, als hätte man ihm etwas Wertvolles gestohlen, er hatte sogar – und es verblüffte ihn – Liebeskummer. Sie war die tollste, sinnlichste Frau, und er wollte alles über sie wissen – und sie niemals wieder gehen lassen. Er hatte das seit Flavia nicht mehr gefühlt ... und vielleicht hatte er das damals nicht einmal. Schuldgefühle beschlichen ihn, aber er konnte seine Gefühle nicht verleugnen. Sein Mädchen im weißen Kleid, seine 'Beatrice', hatte etwas in ihm geweckt, das er noch niemals zuvor gespürt hatte.

Arturo schüttelte sich und ließ den Motor an. Als er von dem Hotel wegfuhr, tat jeder Meter, den er sich weiter entfernte, weh. Aber sie hatte es klar gemacht – es sollte nicht sein.

„Verdammt", sagte er schlecht gelaunt und trat das Gaspedal durch.

Er hatte das Mädchen auf der Auktion gesehen, und es hatte ihm den Atem verschlagen. Zuerst dachte er, es wäre eine Halluzination. Flavia ... aber nein, diese Mädchen war zierlich und kurvig, wo Flavia eher groß und schlank gewesen war, und auch wenn er hasste es zuzugeben, aber dieses Mädchen war sogar noch schöner als Flavia.

Dann war er von der Auktion gefangen genommen worden und hatte nicht bemerkt, wie sie verschwunden war. Man stelle sich seine Überraschung vor, als er Arturo durch die Straßen gefolgt war und beobachtet hatte, wie sie sich näher gekommen waren.

Er folgte Arturos Mercedes, beobachtete, wie sie in der Villa Bachi verschwanden, sah, wie das Licht in Arturos Schlafzimmer anging. Sie fickten. Natürlich taten sie das. Es gab keine Frau in Como, die Arturo noch nicht gefickt hatte, warum sollte es bei diesem Mädchen anders ein?

Weil sie eine Neue war. Er sah das an der Art, wie sie durch die Stadt ging, alles studierte, als wäre es neu für sie. Er fragte sich, ob sie hier Familie oder enge Freunde hatte. Als Arturo sie zum Hotel zurückgebracht hatte, war er ihr ins Hotel gefolgt, hörte wie sie nach dem Schlüssel für Zimmer 45 fragte.

Zimmer 45. Das war gut zu wissen. Er fragte sich, wie lange sie blieb, wie viel Zeit er hatte, um seinen Plan umzusetzen.

Er wollte zu gern Arturos Gesicht sehen, wenn sie ihn anriefen, um ihm zu sagen, dass sein wunderschöner One-Night-Stand tot war. Den Schmerz zu sehen, wenn sie ihm sagten, dass sie auf dieselbe Art wie seine geliebte Flavia vor zwanzig Jahren getötet worden war.

KAPITEL 5

„Wo zur Hölle bist du?" Imeldas schrille Stimme hallte durch den Lautsprecher ihres Handys in Heros Zimmer. Hero, die sich gerade anzog, rollte mit den Augen.

„Was kümmert es dich, Melly? Du hast mir gesagt, dass ich losziehen soll."

„Das habe ich nicht so gemeint. Gott, Hero wir haben uns riesige Sorgen gemacht."

Hero musste ihre eigene Stimme erheben, damit Imelda ihr zuhörte. „Ich bin in Italien. Am Comosee."

Am anderen Ende der Leitung wurde es kurz still und als Imelda wieder sprach, war ihre Stimme ruhiger. „Oh. Gut."

„Ich tue genau das, was du mir geraten hast. Aber anstatt verrückt zu spielen wie Reese Witherspoon, hänge ich mit den Clooneys ab. Zufrieden?"

„Hast du George und Amal getroffen?"

„Nein Dummerchen, das habe ich nur so gesagt. Ich habe mir auf der Karte einen Ort herausgesucht und da bin ich jetzt und", sie hielt kurz inne, um den Effekt zu steigern, „ich habe mir ein Apartment gekauft."

„Was?"

Hero freute sich diebisch über die Reaktion ihrer Schwester. „Sag mir bitte, dass dir gerade der Kiefer nach unten geklappt ist, Melly. Sag mir bitte, dass das gerade passiert ist."

„Hör auf herumzualbern, Hero. Hast du wirklich ein Haus gekauft oder verschaukelst du mich nur wieder?"

Hero seufzte. „Nein, ich habe das wirklich getan. Ich glaube, ich habe einen reichen Kerl etwas verärgert, der auch ein Auge darauf geworfen hatte – ich habe ihn überboten." *Der reiche Kerl, Imelda, hat mich nebenbei erwähnt letzte Nacht mit seinem Schwanz ans Bett genagelt, und ich kann nicht aufhören an seine Küsse zu denken.*

Wieder schwieg Imelda. Hero zog ihre Socken hoch und lauschte den Atemzügen ihrer Schwester. „Mel?"

„Nun", die Stimme ihrer Schwester war jetzt etwas leiser, „das sind gute Neuigkeiten. Richte dir ein Zuhause ein. Was wirst du dort tun?"

„Lesen, schreiben, malen, die Aussicht genießen, alles Mögliche essen und fett werden."

„Alles gute Dinge."

Heros Augenbrauen schossen nach oben. Normalerweise wenn Mel sah, dass Hero auch nur ein Kilogramm zugenommen hatte, zerrte diese sie sofort in das nächste Fitnessstudio. „Viele Kohlenhydrate, Mel."

„Ich weiß, dass du mich herauslocken willst, aber ernsthaft, ich denke es wird dir guttun."

Ein erneutes langes Schweigen. „Du weißt, dass du mich jederzeit besuchen kannst, Melly."

Hero wartete auf die Antwort ihrer Schwester und war überrascht als diese sagte: „Weißt du was, ich werde dich wahrscheinlich tatsächlich beim Wort nehmen."

Hero war verblüfft. Sie und Imelda waren sich nie sehr nahegestanden, waren niemals die Sorte von – adoptierten – Zwillingen, die sich umarmten oder regelmäßig besuchten. Imeldas Besuche waren sogar noch seltener geworden, nachdem Beth gestorben war, auch wenn sie Hero immer noch regelmäßig am Telefon in den Ohren lag. Hero spürte, wie sich ihre Beziehung auf eine seltsame Art verschob.

„Du bist immer herzlich willkommen, Melly. Immer."

Ihre Schwester räusperte sich. „Ich rufe bald wieder an. Verschwinde nicht wieder."

Und die Leitung war tot. „Dir auch auf Wiedersehen." Hero warf ihr Handy in ihre Tasche.

Heute würde sie den ganzen Tag außerhalb des Hotels verbringen, nicht weil sie ein bestimmtes Ziel hatte, sondern weil sie Angst hatte, dass Arturo Bachi im Hotel auftauchen würde, um sie zu suchen, und sie wahrscheinlich nicht die Kraft hätte, ihm zu widerstehen.

Sie schloss jetzt ihre Augen und ließ sich die vergangene Nacht noch einmal durch den Kopf gehen: seine Hände auf ihrem Körper, seine Lippen auf ihrer Haut, sein großer Schwanz, der tief in sie stieß ... sie zitterte vor Lust. Das der Mann ein Experte im Bett war, war unbestreitbar; er wusste genau, was sie mochte, ohne auch nur zu fragen, ihr Körper komplett unter seiner Kontrolle. Sie konnte sich in seinen Augen verlieren ...

„Hör auf." Sie öffnete ihre Augen und holte tief Luft, schob alle Gedanken an Arturo beiseite. Sie kannte Männer wie ihn. Arrogant, reich, glaubten, sie konnten alles kaufen, was sie wollten. Ja, er wollte offensichtlich sie, und ja, er hatte sie gehabt – aber nur, weil sie ihn auch gewollte hatte, zumindest für eine Nacht.

Diese wilden, dunklen Locken, dieser feste Körper ...

„Nein, nein,nein." Und falls er herausfinden sollte, dass sie ihn bei der Auktion überboten hatte, würde er wahrscheinlich sowieso jedes Verlangen verlieren, freundlich zu ihr zu sein.

Hero zog ihre Schuhe an, nahm ihre Tasche, hing sie sich über ihre Schulter und nahm den Zimmerschlüssel. Sie würde ausgehen, einen Ort finden, wo sie Künstlerbedarf kaufen konnte und sich nach Möbeln für das Apartment umsehen.

Sie würde nicht, sagte sie sich selber, *nicht an Arturo Bachi denken. Sie würde nicht. Sie würde wirklich nicht ...*

Arturo saß in einem Meeting mit Peter und den Vorstandsmitgliedern. Er dachte an ihre weiches Haar, ihre rosa Lippen, den frischen Geruch ihrer Haut, wie ihre Klitoris schmeckte ...

Peter stieß ihn an. „Turo? Was meinst du?"

„Was?"

Peter starrte ihn an. „Ludo hat einen Vorschlag gemacht."

Arturo sah den älteren Man entschuldigend an. „Ludo, verzeih mir, tut mir leid. Könntest du die Sache wiederholen?"

Ludo, ein alter Freund von Arturos Vater, lächelte ihn freundlich an. „Das Hotel. Ich schlage vor, wir renovieren die Apartments in der Villa Patrizzi und verkaufen sie als getrennte Wohneinheiten. Wir sollten einen Gewinn erzielen und dann können wir uns ein neues Grundstück suchen, das wir in eine Hotel verwandeln."

Arturo schüttelte seinen Kopf. „Nein. Ich will das Patrizzi. Wir müssen das Apartment bekommen."

Peter seufzte. „Turo ... wir haben einfach nicht das Budget, um den Käufer das Apartment wieder abzukaufen."

„Mio Dio!", rief Arturo frustriert aus. „Es sind nur fünf Millionen! Ich bezahle es selber."

. . .

„Nein."

Arturo sah seine besten Freund mit zusammengekniffen Augen an. „Und wie genau wirst du mich davon abhalten?"

Peter erwiderte ruhig den Blick seines Freundes. „Das kann ich nicht. Aber wenn das passiert ... dann bin ich weg. Turo, das meine ich ernst. Darauf haben wir alle uns nicht geeinigt. Wir haben alle den gleichen Geldbetrag investiert; wir haben alle die gleichen Risiken auf uns genommen; wir alle erhalten die gleiche Belohnung. Der Vertrag ist wasserdicht. Fünf Millionen für ein Apartment ist unsinnig, und wir müssen nicht denselben Fehler machen wie der Käufer. Was Ludo vorschlägt, ist der beste Weg, um weiterzumachen."

Arturo saß schweigend da, bevor er sich im Raum umsah. Er sah, dass die anderen Peter zustimmten, und er wusste auch, dass sein bester Freund recht hatte. Dennoch ...

„Schön. Ich schaue mich nach anderen Grundstücken um."

Er sah wie Peter sich sichtlich entspannte. *Gut. Lass ihn in dem Glauben, dass er gewonnen hätte.*

Aber Arturo wusste tief in sich, dass die Villa Patrizzi eines Tages sein Traumhotel sein würde.

Wenn der Käufer des Apartments es ihm nicht verkaufen wollte, dann gab es andere Mittel und Wege, ihn zum Verkauf zu zwingen oder zur Aufgabe zu bewegen.

Arturo verbarg ein Lächeln. Er würde demjenigen das Leben zur Hölle machen – und seine Geschäftspartner würden ihm dabei helfen, ob sie es nun wussten oder nicht.

Hero war sich des Mannes bewusst, der sie anstarrte, als sie vor dem Café saß. Sie warf ihm einen Blick zu, und er lächelte sie an, freundlich und herzlich. Sie sah weg und seufzte, als sie aus dem Augenwinkel sah, wie er aufstand und auf sie zukam.

Lass mich einfach in Ruhe.

Aber sie war zur Höflichkeit erzogen worden und als er neben ihr war, sah sie auf und schenkte ihm ein freundliches Lächeln. „Hallo."

„Bueno giorno, Signorina. George Galiano."

Sie schüttelte die dargebotene Hand. „Hero Donati."

George deutete auf den anderen Stuhl an ihrem Tisch. „Darf ich mich einen Moment lang zu Ihnen setzen?"

Hero unterdrückte ein Seufzen und nickte. „Bitte."

Er war groß, nicht so groß wie Arturo, aber mit breiten Schultern und schmalen Hüften. Seine braunen Haare waren kurz und sauber geschnitten, sein Bart getrimmt. Seine dunkelbraunen Augen suchten ihre. „Ich hoffe ich bin nicht aufdringlich, aber ich glaube ich habe Sie auf der Auktion gestern gesehen. Für das Patrizzi Apartment?"

„Ja, ich war dort."

George gluckste leise. „Es war ein ganz schöner Skandal. Das Apartment sollte an Arturo Bachi gehen. Wir haben alle angenommen, dass es an ihn gehen würde, aber dann hat ein mysteriöser Käufer es weggeschnappt. Nach der Auktion habe ich Sie in das Büro des Auktionators gehen sehen. Zufall?"

Hero nippte an ihrem Kaffee. „Mr. Galiano, möchten Sie mich etwas fragen?"

„Sie habe das Apartment gekauft."

„Ja." Sie wusste nicht, warum ihn das etwas anging, aber sie würde nicht lügen.

Auf Georges gut aussehendem Gesicht brach ein breites Lächeln aus. „Dann, Miss Donati, schulde ich Ihnen einen Drink."

Das verblüffte sie. „Ich nehme an, Sie und Mr. Bachi sind keine Freunde."

„Nicht mehr. Entschuldigung." Er wandte sich an den Kellner. „Könnten wir etwas Champagner haben?"

George Galiano war charmant, aber Hero würde ihm nie vertrauen. Doch als Gesellschafter war er nett auszusehen und es machte Spaß mit ihm zu plaudern. Seine Abneigung gegenüber Arturo lag tief verwurzelt.

„Wir waren Freunde", sagte er. „Vor langer Zeit." Er seufzte bedauernd. „Leider haben wir dieselbe Frau geliebt, und es ist für keinen von uns gut ausgegangen."

„Und jetzt hassen Sie sich?"

„Von meiner Seite aus ist es kein Hass. Es ist nur zu viel passiert, um wieder zurückzugehen."

Hero fühlte sich etwas unwohl. „Aber warum sind Sie froh, dass er das Apartment verloren hat?"

„Sie können mich als kleinlich bezeichnen, aber Arturo hat schon viel zu lange, viel zu viel Einfluss in dieser Stadt. Es war an der Zeit, dass er einen kleinen Dämpfer erhält."

„Darum habe ich das Apartment nicht gekauft. Ich hatte gestern noch keine Ahnung, dass Arturo Bachi überhaupt existiert." *Auch wenn ich letzte Nacht herausgefundenen habe, wer er ist ...*

Ein Kichern brach aus ihr heraus, und sie überspielte es schnell mit einem Husten. George schien es nicht zu bemerken. „Also bleiben Sie in unserer liebreizenden Stadt?", fragte er.

„In nächster Zukunft, ja."

Er lächelte. „Dann würden sie mir eventuell erlauben, Ihnen die Stadt etwas zu zeigen, irgendwann?"

Hero zögerte, nickte dann. „Vielleicht."

„Gut." Er trank seinen Champagner aus, nahm ihre Hand und küsste sie. „Wenn sie mich entschuldigen wollen, Lady, ich muss zu einem Meeting. Es war schön, Sie kennenzulernen."

„Ebenfalls."

Hero beobachte, wie er davonging und in einen chromblitzenden Bentley einstieg. *Protzig.* Das war der Eindruck, den sie von ihm hatte, und auch wenn Arturo seinen Reichtum ebenfalls zur Schau stellte, war er weniger ... was? Prahlerisch?

Sie seufzte. Wen interessierte es? Sie hatte schließlich keinen Grund, sich mit einem der beiden Männer erneut abzugeben. Sie trank ihren Kaffee, ließ ihren Champagner auf dem Tisch und stand auf, um sich die Stadt anzusehen.

Sie hatte absolut keine Ahnung, was für eine Wirkung sie auf Männer hatte, dachte er. Er ging ein paar Schritte hinter ihr, mit anderen Leuten zwischen ihnen, aber er konnte sehen, wie die Männer die Köpfe nach ihr umdrehten, wenn sie vorbeiging. Ihre langen Haare waren zu einem Dutt hochgesteckt, und ihre Sachen waren offensichtlich ihre Lieblingssachen, ein ausgeleiertes Shirt und Jeans, die sich an ihre gut geformten Hüften und Biene schmiegten. Sie war atemberaubend.

Flavia war genauso schön gewesen, nur jünger – gerade einmal achtzehn – als er sie getötet hatte.

Er erinnerte sich noch genau an diese Nacht und wie perfekt er es geplant hatte. Es war eine Kostümparty in der Villa Charlotte gewesen. Sie hatte zugestimmt, ihn draußen zu treffen, vor dem Tor, das zum See führte. Sie war als Waldnymphe verkleidet gewesen, ihr Kleid umflatterte sie, und ihre Schönheit wurde vom Mondlicht betont. Das perfekte 'O' ihres Mundes, als er das Messer in sie versenkt hatte. Der Schrecken und die Schmerzen in ihren Augen. Er hatte sie gehalten, während sie in seinen Armen verblutet war.

Ssch ...ssch ... meine Schöne. Es ist jetzt alles vorbei ...

Sie hatte nichts gesagt, aber er konnte das 'Warum?' in ihren Augen sehen.

Weil du ihn geliebt hast ...

Ihre Augen schlossen sich ein letztes Mal, als das Blut aus den unzähligen Stichwunden herausgeflossen war, und er hatte sie still auf das Wasser gelegt, sie sah aus wie Ophelia: ihr Körper nass von ihrem Blut, und ihre Haare schwebten um ihren Kopf.

Verdammt. Sein Schwanz war schon wieder steif. *Kontrolle,* sagte er scharf zu sich selbst. Die Sache mit Flavia war zwanzig Jahre her, und jetzt war es an der Zeit Arturo Bachi daran zu erinnern, dass, wenn er es wagte sich zu verlieben, er alles verlieren würde, bis er eines Tages die Botschaft verstand.

Er hatte keine Ahnung ob sich Arturo in das neue Mädchen verlieben würde, aber er roch, dass etwas an ihr anders war – speziell. Er hoffte, dass sich Arturo in diese wunderschöne Frau verlieben würde.

Das würde es um so vieles besser machen, wenn er sie tötete.

KAPITEL 6

Hero hatte geduscht und trocknete sich gerade ab, als sie ein leises Klopfen an der Tür hörte und instinktiv sofort wusste, wer es war. Sie hatte von ihm geträumt, als sie unter der dampfenden Hitze gestanden hatte, sich seinen festen, nackten Körper vorgestellt, der sich von hinten an sie presste.

Sie schlang das Handtuch um ihren Körper, ging zur Tür und fragte: „Wer ist da?"

„Arturo, Principessa. Verzeih mir. Ich konnte nicht widerstehen."

Lächelnd öffnete Hero die Tür und sah zu ihm auf. „Hallo." Er trug einen dunkelblauen Sweater und Jeans und sah jungenhaft und gut aus.

Eine Sekunde lang starrte sie ihn einfach an, dann trat sie beiseite und ließ ihn ein. Er ging an ihr vorbei, sie schloss die Tür und ließ ihr Handtuch fallen. Arturo stöhnte.

„Bellissimo ..." Er sank auf seine Knie, umfasste ihre Hüften und zog sie zu sich. „Bella, bella bella."

Seine tiefe Stimme vibrierte an ihrer Klitoris, und sie stöhnte leise als seine Zunge darum kreiste. Es war unheimlich erotisch, nackt zu sein, während er noch alle seine Sachen am Leib hatte. Arturo zog sie zum Bett, drückte ihre Knie zu ihrer Brust hinauf, legte sich ihre Knöchel auf seine Schultern und nahm sich Zeit, sie zu lecken. Seine Finger krallten sich in das Fleisch ihrer Oberschenkel, seine Zunge war unermüdlich und brachte sie zum Orgasmus, ließ sie atemlos und keuchend zurück.

Sein Mund legte sich auf ihre Nippel, als er seine Hose öffnete. Sie half ihm dabei, seinen Schwanz zu befreien, strich über seine ganze Länge, bevor sie ihn in sich einführte. Gott, sie wollte ihn so sehr. Sie klammerte sich an ihn, als sie fickten, jeder Stoß heftiger und wilder. Sie zerkratzen sich gegenseitig wie Tiere mit den Fingernägeln, das Bett verschob sich unter ihnen, das Kopfende schlug immer wieder an die Wand, aber sie störten sich nicht daran.

Ihr Verlangen nacheinander war ungezügelt. Arturo fickte sie zu seinem der besten Orgasmen ihres Lebens, und Hero schrie seinen Namen, wieder und wieder, halb ohnmächtig vor Lust. Er fickte sie noch einmal auf dem Boden, in der Dusche und als er kam, spritzte er seinen dicken, cremigen Samen in ihren Bauch, und sie wölbte den Rücken durch, presste ihre Brüste an seine Brust.

Sie sprachen nicht. Ihr Sex dauerte bis in die frühen Morgenstunden an und als er sie zum Abschied küsste, war sie erschöpft, aber zufrieden. Sie hätte ihn fast gefragt, ob er bleiben wollte, wusste aber, dass es ein Fehler sein würde.

Dennoch, als er seine Lippen auf ihre presste und flüsterte: „Morgen?", nickte sie, wissend, dass sie wieder eine Dosis von ihm brauchen würde.

Erst später, als sie allein war, fiel ihr ein, dass sie kein Kondom benutzt hatten.

Arturo fuhr lächelnd nach Hause. Himmel, sie war bezaubernd, und jetzt kannte er auch ihren Namen. Hero. Hero Donati. Kein Wunder, dass sie amüsiert gewesen war, als er sie 'Beatrice und Benedikt' genannt hatte. Er war so nah an der Wahrheit gewesen, nur einen Charakter entfernt. Er hasste es, sie ihm Hotel zu lassen, er wollte sie in seinem Bett haben, aber er wusste, dass er langsam vorgehen musste. Sie war augenscheinlich jederzeit bereit davonzulaufen.

Zu Hause öffnete er seinen Laptop und tippte ihren Namen in die Suchmaschine. Nichts. Er fügte Chicago hinzu und drückte Enter. Er hätte es vollkommen übersehen, wenn er nicht nach unten gescrollt hätte. Eine Todesanzeige.

Thomas und Beth Lambert, geliebter Ehemann und Tochter von Hero D. Lambert. Die Beerdigung findet am Donnerstag, den fünften Januar, in der St. Maria of Sacred Heart Kirche statt. Keine Blumen, bitte. Spenden an das Chicago Kinder Krankenhaus.

Arturo war geschockt. Sie war verheiratet gewesen? Hatte ein Kind gehabt? Immer noch unter Schock suchte er weiter, bis er die Meldung in der Zeitung fand.

Vater und Tochter in Horror-Unfall getötet.

Chicago: Ein Vater und seine Tochter wurden am Weihnachtsabend getötet, als ein betrunkener Fahrer bei schwerem Schneefall in ihren Toyota krachte. Der Lehrer Thomas Lambert, 30, und seine drei Jahre alte Tochter, Beth, trugen tödliche Verletzungen davon, das Kind starb noch vor Ort. Mr. und Mrs. Lambert wurden zum nächsten Krankenhaus gebracht, wo Mr. Lambert fünf Tag nach dem Unfall verstarb. Seine Frau, Hero Lambert, 26, befindet sich noch im Koma in einem kritischen Zustand. Der Alkoholspiegel im Blut des Fahrers war fünfmal höher als erlaubt.

Ein betrunkener Fahrer. Innerhalb von einer Sekunde war Heros Leben zerstört. Arturo war schlecht, und er fühlte sich ein bisschen schuldig, dass er in ihr Privatleben eindrang. Wenn sie gewollt hätte, dass er es wusste ...

Nein. Er würde ihr einfach nicht sagen, was er wusste. Das war im Moment das Beste. Wenn sein Plan sie für sich zu gewinnen funktionierte, dann konnte sie es ihm in ihrem eigenen Tempo erzählen.

Er schloss seine Augen. Der Gedanke an Hero, die in einem zerstörten Auto lag, nach ihrem verlorenen Ehemann und ihrer Tochter schrie, ließ seine Brust schmerzhaft zusammenziehen.

Sie ähnelt Flavia so sehr ... ist das der Grund? Er schüttelte seinen Kopf, seufzte und schloss den Laptop. Die zwei Frauen zu vergleichen würde nichts bringen.

Er ging ins Bett, hoffte ein paar Stunden Schlaf zu bekommen, bevor er zur Arbeit musste, aber seine Träume waren voller Bilder von Flavias totem Körper, der ihm entglitt, und seiner Hero, seiner lieblichen Hero, die vor seiner Nase von Flavias Mörder erstochen wurde.

Arturo ging ob seiner Alpträume schlecht gelaunt in sein Büro, lief den Flur entlang direkt am Schreibtisch seiner Assistentin vorbei, ohne ein Wort zu sagen.

„Peter hat angerufen." Marcella folgte ihm in sein Büro, daran gewöhnt seine Stimmungen zu ignorieren. „Er sagt, er hat ein paar vielversprechende Grundstücke für das neue Hotel gefunden. Er will wissen, ob du die Patrizzi Apartments direkt wieder auf den Markt werfen oder sie erst noch renovieren willst."

Arturo ließ sich schwer in seinen Sessel fallen. „Sag Peter, dass er mich bitte anrufen soll. Ich will das ganze Haus renovieren. Vielleicht einen Profit herausgeschlagen."

„Danke. Ach und ... guten Morgen."

Arturo lächelte. „Guten Morgen, Marcella."

„Alter Griesgram."

„Du bist gefeuert."

Marcella grinste. „Willst du Kaffee?"

„Ja, bitte."

„Nun, du weißt, wo die Maschine steht."

Arturo lachte. Marcella, die in Amerika geboren war, arbeitete seit Jahren für ihn und war seine Vertraute und Freundin – fast wie eine Schwester. Wenn er zu arrogant wurde, dann starrte sie ihn einfach an, trommelte mit den Fingern, bis er nachgab. Sie sagte ihm ins Gesicht, dass er sich zur Hölle scheren konnte, wenn er unhöflich zu ihr war; sie brachte ihm heißen Tee und Kuchen wenn er deprimiert war.

„Marcie ... kann ich dich etwas fragen?"

Marcella die schon fast aus der Tür war, blieb stehen und musterte ihn. „Arbeit oder Vergnügen?"

„Vergnügen."

„Oh, Klatsch. Frag ruhig." Sie ließ sich ihm gegenüber in den Sessel fallen und schlug ihre langen Beine übereinander.

Arturo räusperte sich. „Ich habe jemanden kennengelernt."

Marcellas Augen öffneten sich weit. „Nicht. Wahr."

Arturo hob seine Hände um ihre Aufregung zu dämpfen. „Es ist kompliziert."

Marcella seufzte. „Wann ist es das bei dir nicht? Hast du sie gefickt?"

Arturo wandte den Blick verlegen ab.

„Turo." Marcelle dehnte seinen Namen. „Beeindrucke eine Frau zuerst. Ich weiß, das Monster in deiner Hose hat seinen eigenen Kopf, aber Himmel ..." Sie lachte, und sah ihn dann ernst an. „Magst du sie?"

„Ja. Aber ich kenne sie nicht einmal wirklich – oder besser gesagt, sie will nicht, dass ich irgendetwas über sie weiß ... ich ... habe ein paar Informationen über sie herausgefunden."

„Stalker."

„Ich will nicht in ihr Privatleben eindringen oder irgendwelche Grenzen überschreiten. Aber ich habe etwas ziemlich Wichtiges über sie herausgefundenen. Soll ich ihr sagen, was ich weiß?"

Marcella schüttelte ihren Kopf. „Nein. Das würde sie verrückt machen, glaub mir. Wir Frauen leben in einer Welt wo jegliche ... Invasion ... egal wie gut gemeint oder süß sie auch sein mag ... etwas Schlechtes bedeuten könnte. Etwas wie Gewalt. Also nein, Arturo, erzähle es ihr nicht. Wenn sie will. das du es weißt, dann wird sie es dir erzählen."

„Danke Marcie."

„Wer ist sie?"

„Das", sagte er nickend, „versuche ich herauszufinden."

Drei Dinge passierten an diesem Morgen innerhalb von kürzester Zeit. Hero fand eine Apotheke und kaufte eine Schachtel Kondome. Sie hatten nicht darüber gesprochen, aber falls Arturo heute Nacht wieder bei ihr auftauchen würde, dann wäre sie nicht in der Lage, ihm zu widerstehen. Sie dachte über einen Schwangerschaftstest nach, aber es war noch viel zu früh dafür. Natürlich musste sie einen Arzt finden, um sich auf eventuelle Krankheiten testen zu lassen, und sie haderte mit sich selbst. Wie dumm war sie, dass sie ihre Gesundheit für einen schnellen – wenn auch spektakulären – Fick riskierte?

Das Zweite war, das ihre Immobilienmaklerin anrief und ihr sagte, dass die Papiere für das Apartment fertig waren. „Gratuliere. Sie könne einziehen, wann immer Sie wollen."

Hero dankte ihr und sagte ihr, dass sie die Schlüssel am Nachmittag abholen würde. „Mir ist zu Ohren gekommen, dass Sie Arturo Bachi verärgert haben", sagte die Maklerin glucksend. „Gut. Er verdient es."

Hero schluckte schwer. „Kennen Sie ihn?"

„Oh, ich kenne ihn. Er wird vielleicht behaupten, dass er mich nicht kennt, aber ich kenne ihn." Also hatte Arturo mit ihrer Maklerin geschlafen. Großartig. Hero bedankte sich noch einmal und legte auf. Was zur Hölle tat sie da? Sie war nicht einmal zwei Wochen in der Stadt und hatte bereits mit einer der schlimmsten männlichen Huren, die es hier gab, geschlafen.

Aber sie konnte nicht aufhören, an ihn zu denken, und sie merkte, dass ihre Schuldgefühle Tom gegenüber immer kleiner wurden. Und er würde wollen, dass sie glücklich war, nicht wahr? Es bedeutete nicht, dass Hero ihren Ehemann nicht vermisste, denn das tat sie. Aber nach Italien zu ziehen sollte ein neuer Anfang sein.

Hero schob alle Gedanken beiseite und ging in den Laden für Künstlerbedarf, den sie gestern gefunden hatte. Der Laden war leer bis auf die Besitzerin, eine junge Frau in Heros Alter, deren dichte Locken auf ihrem Kopf aufgetürmt waren. Sie grinste Hero an. „Hallo. Sie hatten wohl den Drang zurückzukommen?"

Hero lächelte sie an. Die Frau hatte einen englischen Akzent und auf ihrem Namensschild stand FLISS. Sie war klein, zierlicher als Hero und trug ein Teekleid im Stil der 50er mit rosa Flamingos auf einem türkisen Hintergrund. Hero mochte sie sofort.

„Ich habe mir gestern nur Schaufenster angeschaut. Heute habe ich vor etwas Geld auszugeben."

Fliss lachte. „Gut zu hören. Was suchen Sie denn?"

„Alles."

In der nächsten Stunde führte Fliss sie durch den Laden und Hero suchte sich leuchtende Pastellfarben aller Art aus, ein Set von Wasserfarben und Stifte jeder Härte. Sie und Fliss redeten über ihre gemeinsame Liebe zur Kunst – wie Hero, kam auch Fliss aus der Kunstschule.

„Ich wollte meinen Doktor machen, aber das habe ich erst einmal auf Eis gelegt", sagte Hero und Fliss sah sie neugierig an.

„Hören Sie zu. Es ist schon eine Weile her, dass ich mich über Kunst unterhalten habe. Ich schließe in zehn Minuten zur Mittagspause. Wollen wir etwas essen gehen?"

Hero lächelte. „Sehr gern."

Fliss brachte sie zu einem kleinen Restaurant in einer schmalen Gasse. „Das ist eines von Comos bestgehütetsten Geheimnissen", sagte sie leise. „Die Touristen kennen es nicht. Es ist billig, aber bei Gott, das Essen ist so lecker. Ich empfehle das Kaninchengulasch mit Polenta."

41

Beim Essen – und Hero hatte auf Fliss' Rat gehört und stöhnte fast genussvoll auf, als sie den ersten Bissen in ihren Mund steckte – erzählten sie sich ihre Lebensgeschichten.

Fliss war nach einem Schulausflug an den Comosee gezogen, als sie noch jung war. „Ich schwöre, dass ich alles Mögliche getan hätte, um hier zu leben. Ich hatte Glück. Meine Eltern sind nicht gerade arm und haben mich beim Start meines eigenen Geschäfts unterstützt. Als ich ihnen sagte, dass ich hier leben wollte, war ihre erste Reaktion: „Oh, großartig, wann können wir dich besuchen?"

HERO LÄCHELTE, WAR NERVÖS. „HAST DU IRGENDWELCHE Geschwister?"

„Drei Brüder, alle älter, alle Nervensägen. Sie sind alle Wissenschaft-ler. Kannst du das glauben? Aber", sie lehnte sich verschwörerisch zu ihr, „ich war die Einzige, die einen erstklassigen Schulabschluss hatte."

Hero lachte. Zum ersten Mal seit Ewigkeiten fühlte sie sich nicht, als wäre sie eine abgestumpfte achtundachtzigjährige, die schon Mutter, Ehefrau und Witwe war. Zum ersten Mal fühlte sie sich – entspannt.

„Himmel, schau dir diesen Mann an."

Hero blinzelte und folgte Fliss' Blick. Ein Mann legte einen Armvoll Zeitungen auf einen Ständer, und Arturo Bachis Gesicht zierte die Titelseite. Heros italienisch war gut genug, dass sie die Überschrift lesen konnte. „Bachi verärgert über den Patrizzi Verkauf!"

Ups. Sie drehte ich wieder zu Fliss um, die Arturos Bild lustvoll anschaute. „Kennst du ihn?"

Fliss schüttelte ihren Kopf. „Nein, aber ich habe einiges über ihn gehört. Er ist ein ziemlicher Lustmolch."

Heros Gesicht brannte, und Fliss sah ihren Gesichtsausdruck. „Geht es dir gut?"

„Ja. Hör mal, es war schön. Können wir das wiederholen?"

Fliss grinste. „Auf jeden Fall."

Sie tauschten ihre Telefonnummern aus, und Hero machte sich auf den Weg zu dem Büro ihrer Maklerin. Aufgeregt nahm sie die Schlüssel zu ihrem neuen Zuhause entgegen.

„Also, Sie wissen, dass es keine Möbel hat, nicht wahr?", erinnerte sie ihre Maklerin.

Hero nickte. „Ich weiß. Ich werde nicht einziehen bevor meine Möbel geliefert wurden, also wenn Sie mich brauchen und mein Handy ausgeschaltet ist, dann rufen Sie bitte das Hotel an."

Sie zitterte, als sie in den obersten Stock ging und hielt kurz inne, bevor sie die Tür aufschloss.

Hatte sie das Richtige getan als sie all das Geld ausgegeben hatte? Warum war sie so versessen darauf gewesen, Arturo zu überbieten? War es nur der Versuch gewesen, sich selbst zu beweisen, dass sie noch Kontrolle über ihr Leben hatte?

Hero holte tief Luft, öffnete die Tür und all ihre Zweifel fielen von ihr ab.

Sie war zuhause.

KAPITEL 7

*D*ieses Mal rief Arturo an.

„Ich dachte mir, ich tue die Dinge zur Abwechslung mal richtig", gluckste er. „Würdest du mit mir zu Abend essen?"

Hero, die gerade vom Patrizzi kam, lächelte. „Gern. An was hast du gedacht?"

„Es ist eine Überraschung. Zieh dir etwas Schickes an ... und etwas, das ich leicht ausziehen kann."

Sie lachte immer noch, als sie sich verabschiedeten. Ob sie es nun zugeben wollte oder nicht, Arturo Bachi war nicht nur ein hervorragender Liebhaber, sondern er hatte auch Sinn für Humor, was sie anziehend fand. Sie fragte sich, ob er sehr böse sein würde, wenn sie ihm die Wahrheit über das Apartment erzählte.

Unwissenheit vorzutäuschen war keine Option. Die Tatsache, dass er das Apartment wollte, war weitbekannt, sogar ihr, nachdem sie an dem Tag nur zehn Minuten lang auf der Auktion gewesen war. Nein, sie musste ehrlich sein, ihm ihre Gründe nennen, warum sie die Wohnung gekauft und einen solch horrenden Preis dafür bezahlt hatte.

Verdammt. So sehr sie es hasst, ihn anlügen zu müssen, sie wollte nicht, dass das zwischen ihnen endete. Sie begehrte seinen Körper – er war wie eine Mischung aus Zucker und Heroin für sie.

Während sie zum Hotel zurücklief, das nur noch einen Block weit entfernt war, wurde ihr bewusst, dass sich niemand außer ihr auf der Straße befand. Der Abend war dunkel, und eine kühle Brise wehte vom See herauf. Sie hörte Schritte hinter sich, und ihr Magen zog sich etwas ängstlich zusammen. Sie warf einen vorsichtigen Blick nach hinten. Ein paar Schritte hinter ihr war ein Mann, groß und breitschultrig, der ihr folgte. Er war im Schatten. Es war wahrscheinlich nichts, aber Hero verlangsamte ihren Schritt und blieb dann stehen.

Der Mann hinter ihr blieb auch stehen. *Oh Scheiße ...* er folgte ihr. Sie drehte sich zu ihm um.

„Was wollen Sie?"

Eine Sekunde später bereute sie, dass sie stehen geblieben war, als sie den Stahl in seiner Hand aufblitzen sah. *Oh Gott, nein ...* Hero drehte sich um und rannte auf die Menschen zu, die sie in weiter Entfernung auf dem Marktplatz der Stadt sehen konnte.

Erleichtert hastete sie in das Hotel, atemlos bat sie um ihren Schlüssel. Der Rezeptionist warf ihr einen fragenden Blick zu, aber Hero schüttelte nur ihren Kopf. Es war nur ein Dieb, dachte sie sich. Aber sie war aufgewühlt.

Sie öffnete die Tür zu ihrem Zimmer und bemerkte den Umschlag, den jemand unter ihrer Tür durchgeschoben hatte, erst nicht. Als sie es dann tat, hob sie ihn auf, öffnete den Umschlag und las:

Du siehst heute wunderschön aus. Es ist schade, dass ich dich umbringen werde.

Sie ließ den Brief fallen, als wäre er brennend heiß. *Was zur Hölle?* Sie setzte sich zitternd auf ihr Bett. Wer wollte sie töten? Sie war neu in der Stadt, Himmelherrgott noch mal, und die einzige Person, mit der sie Ärger haben konnte war ...

Nein. Sie weigerte sich daran zu glauben, dass Arturo Bachi dazu in der Lage war, jemandem weh zu tun, und schon gar nicht ihr. Wenn er sie hätte töten wollen, dann hätte er das bereits in der ersten Nacht tun können, als er sie zu sich nach Hause gebracht hatte. Er hätte sie töten, ihren Körper in den See werfen und einfach weiter machen können.

Nein.

Aber wer sonst könnte es sein? Sie kannte niemand anderen – und sie war sich ziemlich sicher, dass Fliss kein verrückter Mörder war. Davon abgesehen war der Kerl, der ihr gefolgt war, riesig. Ihr wurde schlecht. Sie hatte keine Chance gegen einen Killer seiner Größe. Sie versuchte, ihr Zittern unter Kontrolle zu bringen, um sich anzuziehen. Sie schlüpft in ein lila Kleid und legte sich eine goldene Kette um den Hals, ihre Bewegungen waren automatisch, und sie konzentriere sich nicht wirklich auf ihr Erscheinungsbild.

Zum ersten Mal fragte sie sich, ob sie das Richtige getan hatte, indem sie hierhergekommen war. Es ergab einfach keinen Sinn, dass jemand sie so schnell zu seinem Ziel auserkoren hatte.

Als sie eine Stunde später bei Arturo im Auto saß, musterte sie ihn aufmerksam. "Wohin gehen wir?"

Arturo grinste sie an, und sie sah keine Hintergründigkeit in seinen Augen. „Eine Überraschung."

Sein Lächeln ließ tausend Schmetterlinge ein ihrem Bauch aufsteigen, aber ihre Nerven waren noch immer angespannt, und er schien das zu bemerken.

Er nahm ihre Hand. „Bist du okay?"

Sie antwortete ihm nicht sofort und sagte dann: „Hero, mein Name ist Hero."

Arturo grinste dümmlich. „Ich weiß. Ich habe den Schlüssel mit deinem Namen darauf gesehen. Nicht Beatrice."

So, er war ehrlich. Bedeute das auch, dass er unschuldig war? Er war der einzige Mensch, der einen Grund hatte, sie zu hassen, und doch bemühte er sich sehr um sie, seine Augen waren voller Leidenschaft.

Er fuhr sie zu einem kleinen Platz, wo ein Hubschrauber wartete. Arturo half Hero aus dem Auto und führte sie dann zum Hubschrauber, immer noch grinsend, und verriet mit keinem Wort, wo die Reise hinging, Er kletterte auf den Pilotensitz, und Hero musste zugeben, dass sie beeindruckt war.

Sie fühlte sich auch besser bei dem Gedanken, dass eine Menge Leute sie zusammen hatten einsteigen sehen. Zeugen.

Hör auf. Er tut nichts Falsches. Hero holte tief Luft und versuchte sich zu entspannen.

Arturo streichelte ihr Gesicht. „Okay?"

Sie nickte und drückte ihre Lippen auf seine Handfläche. Arturo lächelte und beugte sich zu ihr und küsste sie.

Der Flug war aufregend und als sie die Lichter einer Stadt unter sich sahen, sagte Arturo: „Milan. Ich dachte mir, du solltest es bei Nacht sehen."

Aufregung machte sich in ihr breit. Milan ... sie war noch niemals in dieser Stadt gewesen und jetzt, als der Hubschrauber auf einem Hoteldach landete, fühlte sie sich wie in einem Traum.

Das Restaurant war exklusiv und teuer, und man brachte sie zu einem uneinsehbaren Tisch weit hinten im Restaurant. „Ich dachte, wir können uns hier unterhalten, ohne dass die Leute zuhören", sagte Arturo und küsste sie auf die Wange. Er hielt ihre Hand, seine Finger mit ihren verwoben und Hero fühlte Wärme in sich aufsteigen. Es war einfach nicht möglich, dass er ein so guter Schauspieler war, um das alles vorzutäuschen. Auf keinen Fall.

Sie saßen nebeneinander am Tisch und nachdem sie ihre Bestellung aufgegeben hatten, legte Arturo seinen Arm um sie und zog sie an sich. „Das Kleid, die Farbe sieht auf deiner Haut unglaublich aus." Er fuhr ihr mit dem Finger über den Hals.

Er hob ihre Kette, fuhr mit dem Finger darüber und dann weiter nach unten zu ihrem Bauch. Hero stöhnte verlangend. Arturo liebkoste ihren Hals. „Süße Hero ... ich habe eine Suite für uns im Mandarin Oriental gebucht. Ich würde mich freuen, wenn du mit mir zusammen die Nacht dort verbringen würdest. Kein Zwang. Ein Wort von dir und ich storniere das Zimmer. Wirst du bleiben?"

Hero nickte, verloren in seinen Augen. „Ja", sagte sie mit rauer Stimme, heiser vor Verlangen nach ihm – und weil sie ohne Zweifel wusste, dass es ihre letzte gemeinsame Nacht sein würde. Sie wollte sich an diese Nacht in seinen Armen erinnern, daran, von ihm gefickt zu werden, denn eines wusste sie sicher: sie verliebte sich in ihn, und das bedeutete, dass sie ihm die Wahrheit sagen musste.

Und danach, dessen war sie sich sicher, würde Arturo nichts mehr mit ihr zu tun haben wollen. Der Gedanke daran brachte sie fast um.

Arturo öffnete die Tür und trat beiseite, damit Hero eintreten konnte. Himmel, sie war so schön, dass er weinen wollte, aber seit dem Abendessen, wo beide nicht viel gegessen hatten, war sie still geworden. War sie nervös, die Nacht mit ihm zu verbringen? Er hoffte es nicht.

Er schloss die Tür hinter ihnen und ging dann zu den bodenlangen Fenstern, durch die man einen wundervollen Blick über Milan hatte. Ihr Kleid war auf dem Rücken tief ausgeschnitten, enthüllte viel ihrer honigfarbenen Haut, und er fuhr mit dem Finger über ihre Wirbelsäule. „Du bist perfekt", flüsterte er und drückte seine Lippen auf ihre nackte Schulter. Hero griff nach hinten und nahm seinen Schwanz in ihre Hand, streichelte ihn durch seine Hose. Er öffnete ihr Kleid, und die Seide glitt zu Boden. Sie trug keinen BH, ihre vollen, reifen Brüste waren fest, die Nippel klein und dunkelrot. Er nahm einen nach dem anderen in den Mund, reizte sie, bis sie steif waren. Hero streichelte seine Haare und beide bewegten sich langsam. Er ließ eine Hand zwischen ihre Beine gleiten und streichelte sie durch ihre feuchte Unterhose.

„Du bist nass."

„Für dich", flüsterte sie und erwiderte seinen Blick. „Immer für dich."

Er musste sie dann haben, ihre Worte erweckten das Tier in ihm. Er legte sie auf das Bett und zog sich seine Sachen aus, zog ein Kondom über seinen steifen, fast schon schmerzhaft harten Schwanz und stieß in sie. Hero schlang ihre Beine fest um seine Hüfte, ihre Fingernägel gruben sich in seinen Hintern, als er tiefer und fester zustieß. Arturo küsste sie mit einer solchen Wildheit, dass er Blut schmeckte, mit einer Hand drückte er ihre Hände über ihren Kopf. Sie kam wieder und wieder, während sie fickten, und sie flehte ihn an, nie wieder aufzuhören.

Er stützte sich auf seine Ellbogen und sah ihr in die Augen. „Keine Angst, meine kleine Hero, ich werde niemals aufhören ... niemals ..." Er stieß noch einmal fest zu, als er kam, küsste sie hungrig. „Du bist so wunderschön, bella, bella bella ..." Er wusste ohne Zweifel, dass er tief in der Scheiße steckte, dass er sich leicht in diese Frau verlieben könnte und wenn er das tat ... Himmel, sein Herz war so zerbrechlich, so ängstlich, dass jemand sie ihm wegnehmen würde. Er spürte diese Gefahr so heftig in dieser Nacht, aber er wusste nicht warum.

Es war eine perfekte Nacht: Der Flug, das Essen und jetzt liebte er sie, weit weg von Como, weit weg von all der Verantwortung. Sie brachte das in ihm zum Vorschein, hatte es in den vergangen Tagen getan, und er musste sich immer wieder selbst daran erinnern, dass er eigentlich nichts von ihr wusste. Sie hatte ihm endlich ihren Namen gesagt, und er wusste genug über sie, um zu realisieren, dass es ein großer Schritt für sie war.

Er würde sie nicht unter Druck setzen, besonders nicht nach dem, was sie in ihrem kurzen Leben schon durchgemacht hatte. Alles, was er wollte, war mit ihr zusammen zu sein, er war sich bewusst, dass das eine 180 Grad Wendung in seinem Leben war, die letzten drei Tage hatten ihm die Augen geöffnet.

Später, als sie eingeschlafen war, glitt er aus dem Bett und nahm sein Handy aus der Tasche. Er schloss die Tür zum Schlafzimmer, ging in das Wohnzimmer und rief Peter an. „Hey Kumpel, habe ich dich geweckt?"

Peter gluckste. „Nein, Turo. Was gibt es?"

Arturo seufzte. „Ich habe Ärger am Hals."

„Was? Was ist passiert? Hast du etwas Dummes getan, Turo?"

„Vielleicht. Es ist ein Mädchen. Ich habe mich verliebt."

KAPITEL 8

Arturo, ich bin diejenige. Ich bin diejenige, die deinen Traum zerstört hat. Ich bin diejenige, die dich überboten hat, das Patrizzi Apartment gekauft hat. Ich wusste, dass du auch geboten hast, und ich habe alles daran gesetzt, dich zu überbieten. Ich bin diejenige.

Hero legte sich die Worte zurecht, die sie sagen wollte, als sie sich am nächsten Morgen anzog. Sie hatte es Arturo bereits sagen wollen, als sie aufgewacht waren, aber er hatte sie so liebevoll geküsst, und seine Augen waren voller – Liebe? – gewesen. So hatte es zumindest ausgesehen, und sie hatte geschwiegen. Sie hatten sich zärtlich geliebt und als Arturo anfing herumzualbern, hatten sie in jedem Zimmer der Suite gefickt, lachend und scherzend. Arturo hatte sie durch die Räume gejagt, bis sie aufgegeben hatte.

Dann, als sein Schwanz tief in ihr vergraben war, hatte sie an nichts anders, als seinen Körper, sein Lächeln und seinen Mund denken können. Er wechselte zwischen zärtlich und grob, als er sie nahm, aber sie tat es ihm gleich, krallte sich in seine Haare, biss in seine Nippel, vergrub ihre Nägel in seinem Rücken und seinem Hintern, bis er stöhnte. Als sie zusammen duschten, verglichen sie ihre Kampfwunden: die Kratzer und blauen Flecke vom Sex. Er hatte sie in der

Dusche gefickt, hielt sie an die kalten Fliesen gedrückt, als er seinen Schwanz in ihre rote, geschwollene Fotze stieß.

Ihre Oberschenkel taten weh, ihre Brüste kribbelten, und ihr Herz fühlte sich an, als ob es in ihrer Brust größer geworden war.

Sie konnte es nicht tun; sie konnte diese perfekte Zeit nicht ruinieren. Sie würde ihr Geheimnis noch eine Weile länger behalten.

Sie spürte, wie sich seine Arme um ihre Taille schlangen und seine Hand unter ihr Kleid glitt, um ihren Bauch zu streicheln. „Hey."

Sie lehnte sich an ihn, wandte den Kopf zu ihm um, um ihn zu küssen."Hey."

Arturo sah sie ernst an. "Ist es falsch, dass ich nicht will, dass das hier endet?"

Ihr Magen zog sich zusammen. „Das?"

„Dieser Ausflug, diese Stadt, mit dir."

Sie drehte sich zu ihm um und schlang ihre Arme um seine Hüfte. Er liebkoste ihre Nase mit seiner. „Hero ..."

Die Art, wie er flüsterte, klang, als würde er versuchen, sie zu verzaubern. „Arturo ... ich muss dir etwas sagen."

Sie schluckte. „Ich ..." *Sag es ihm. Bring es hinter dich. Biete ihm das Apartment an. Bitte ihn um Vergebung.* „Ich ... war verheiratet."

Arturos Augen blickten sie mitleidig an. „Bist du böse, wenn ich dir sage, dass ich das weiß?"

Das bremste sie. „Was?" *Was zur Hölle? Hatte er einen Privatdetektiv auf sie angesetzt? Wusste er bereits von dem Apartment?*

Arturos Arme schlossen sich fester um sie. „Ich sehe, was du denkst, und ich schwöre, dass ich es nur aus dem Internet habe. Ich war neugierig."

Hero stieß die Luft aus. Okay, das war normal zu Beginn einer modernen Beziehung, nicht wahr?

Aber du hast nicht daran gedacht, dass du seine Geschichte auch so herausfinden könntest, oder? „Okay, das ist in Ordnung. Dann weißt du es ja."

„Von deiner Tochter und einem Ehemann. Ja, und ich kann dir gar nichts sagen, wie sehr mir das leid tut, mein Liebling. Setz dich. Lass uns reden. Ich habe Frühstück bestellt."

Beim Frühstück erzählte sie ihm von Beth und Tom, und zu ihrer Überraschung fiel es ihr leicht, mit ihm darüber zu reden, und es tat gut, über all das Leid offen zu sprechen, ihre Liebe zu Tom und ihrem kleinen Liebling Beth, ihrem Licht.

„Sie war das bezauberndste Kind", sagte sie und ihre Augen füllten sich mit Tränen. „Ich weiß, dass das etwas ist, was jede Mutter sagt, aber Himmel, ich konnte nicht glauben, dass diese unglaubliche kleine Person von mir stammte."

„Hast du ein Foto?"

Sie wühlte in ihrer Tasche und holte zwei Fotos heraus. Eines war nur von Beth, die wild grinste und in die Kamera schrie. Das andere war von allen dreien: Tom, der seine Familie in den Armen hielt, während sie sich alle anlächelten.

Arturo betrachte beide. „Wow. Wow. Sie sieht genau wie du aus."

Hero fühlte den Kloß in ihrem Hals, als Arturo das sagte. „Das ... tut sie." Die Tränen flossen dann, und sie schluchzte. Arturo zog sie in seine Arme und hielt sie fest, bis sie sich ausgeweint hatte.

Als sie sich endlich vom ihm löste, fühlte sie sich leichter und erstaunlicherweise schämte sie sich nicht. Arturo lächelte sie an und strich mit seinem Finger über ihr Gesicht. „Süße, deine Tochter wird immer bei dir sein. Und dein Ehemann ..." Er sah auf das Foto mit Tom, und eine Sekunde lang konnte Hero seinen Gesichtsausdruck nicht deuten. „Er sieht wie ein großartiger Kerl aus."

„Das war er. Er war mein bester Freund." Sie seufzte. „Es war nur ... alles änderte sich innerhalb von einer Sekunde, weißt du? In einem

Augenblick waren wir im Auto, sangen Lieder und in der nächsten Minute ... vorbei. So endgültig." Sie wandte sich einen Moment lang ab und sah ihn dann wieder an.

„Ich bin froh, dass du es mir erzählt hast. Ich möchte dich näher kennenlernen, Hero."

Hero drückte seine Hand. „Was ist mit dir?"

„Mit mir? Du kennst mich. Mein Ruf eilt mir voraus."

„Arturo."

Er zuckte mit den Schultern. „Es gab seit Jahren niemand Besonderen in meinem Leben."

Sie sah ihn neugierig an. „Also gab es einmal jemanden?"

Der Schmerz in seinen Augen war so flüchtig, dass sie sich fragte, ob sie sich es nicht nur eingebildet hatte, aber dann sprach er wieder, und sie schob es beiseite.

„Ich bin ein Fleisch und Blut gewordenes Klischee, Hero", sagte er offen. „Ich bin höllisch arrogant und ich schlafe mit jeder. Habe mit jeder geschlafen. Vor drei Tagen habe ich die Frau getroffen, die ich hoffentlich einmal heiraten werde."

Das schmeichelte ihr ... und machte ihr Angst. „Arturo ... eine Ehe ist mehr als nur großartiger Sex."

„Ich weiß. Oder vielmehr, ich weiß es nicht, aber ich hoffe es herauszufinden." Er hielt ihren Blick. Hero spürte ihr Herz in ihrer Brust klopfen, und sie stand auf.

„Mach dich nicht über mich lustig."

Arturo fing sie ein, als sie davonlief, und zwang sie dazu, ihm in die Augen zu schauen. „Niemals in meinem Leben war mir etwas ernster gewesen, Hero. Ich stecke tief drin ... und hoffe du auch."

Sie hatte keine Ahnung, was sie ihm antworten sollte.

Wieder zurück in Como brachte er sie ins Hotel. Er küsste sie zum Abschied und nahm ihr Gesicht in seine Hände. „Heute Abend? Abendessen?"

Hero zögerte. „Kann ich den heutigen Abend für mich haben? Ich habe da einiges an Zeug, mit dem ich mich noch beschäftigen muss."

Arturo schien nicht beleidigt zu sein. „Natürlich, mein Liebling. Du hast meine Handynummer, falls du es dir anders überlegst."

Hero ging die Treppe zu ihrem Zimmer nach oben, wollte sich Zeit lassen. Himmel, was sollte sie nur tun?

Sie hatte sich so sehr in ihn verliebt, dass es sie krank machte, daran zu denken, was passieren würde, wenn er von dem Apartment erfuhr. Sollte sie es wieder zur Auktion freigeben, und den Verlust einfach so hinnehmen? Sie konnte es ihm vielleicht anonym verkaufen.

Es war nur so ... sie liebte das Apartment. Seit sie es am ersten Tag betreten hatte – war das wirklich erst vier Tage her? – wusste sie, dass es ihr Hafen war. Ihr Herz sagte ihr, dass Arturo es wert war, es aufzugeben; ihr Kopf sagte ihr, sich nicht närrisch zu verhalten. *Bleib bei deinem Plan. Ein gut aussehender Mann war es das nicht wert.*

Oder?

Mist. Hero seufzte, als sie ihre Zimmertür öffnete und erstarrte dann. Drei weitere Umschläge lagen auf dem Boden. Sie nahm sie und rannte zurück in die Rezeption. Sie bat darum, den Sicherheitsbeauftragten zu sprechen, nachdem der Rezeptionist ihr sagte, dass keiner der Angestellten Briefe zustellte.

„Haben Sie CCTV?"

„Ich befürchte, es ist im Moment nicht in Betrieb, Signora." Er sah auf die Umschläge in ihrer Hand. „Was steht darin?"

Hero starrte in an und schüttelte dann ihren Kopf. „Egal."

Sie ging zurück nach oben, aber bevor sie sich einschloss, überprüfte sie jeden Winkel des Zimmers. Sie war allein. Sie sicherte die Tür zweifach und setzte sich auf das Bett, die Umschläge vor sich. Nach einem Moment riss sie den ersten auf.

Hure.

„Charmant." Sie wappnete sich für den nächsten.

Eine tote Frau läuft herum.

„Oh, scher dich zum Teufel." Es half, sich etwas über die Notiz lustig zu machen. Sie öffnete die dritte. Darin stand nichts geschrieben, aber zwei Fotos fielen heraus. Hero runzelte die Stirn, aber sie hob sie auf. Als sie sie betrachtete, keuchte sie entsetzt auf.

Das erste zeigte eine Frau: eingeschüchtert, verängstigt und schreiend. Ihre dunklen Haare bedeckten fast ihr gesamtes Gesicht, aber Hero konnte die Ähnlichkeit zu sich sofort sehen. Das zweite Foto war noch schrecklicher. Dieselbe Frau, offenbar tot, von Blut bedeckt und der Griff eines Messers, der aus ihrem Bauch ragte.

„Jesus." Hero wusste nicht, wie lange sie so dort gesessen und auf das Entsetzliche vor ihr gestarrt hatte, aber dann bewegte sie ihre steifen Beine, ging hinunter zur Rezeption und fühlte sich, als wäre ihr Blut in ihren Adern gefroren. Sie bat sie, die Polizei anzurufen.

Als die zwei Polizisten im Hotel ankamen, gab sie ihnen ruhig die zwei Bilder und sagte schlicht:

„Jemand will mich umbringen. Und ich habe keine Ahnung warum."

KAPITEL 9

*A*m nächsten Morgen bekam Hero eine weitere Nachricht, dieses Mal in Form eines Anrufs von der Rezeption und mit einem weitaus erfreulicheren Inhalt. George Galiano lud sie zum Abendessen ein. Hero dachte nach. Sie wollte nicht zwischen Arturo und George geraten, aber desto mehr Verbündete sie in dieser Stadt hatte, desto besser wäre es für sie.

Sie rief ihn zurück und erklärte sich einverstanden damit, ihn im Restaurant zu treffen. „Ich kann es kaum erwarten", sagte er herzlich. Hero nahm sich vor, ihm klar zu machen, dass es nur ein Essen unter Freunden war.

Bis dahin hatte sie noch ein paar Stunden Zeit, und sie verbrachte sie damit, Möbel für ihr Apartment zu bestellten, die am Wochenende geliefert werden würden. Jetzt, da es offiziell ihr gehörte, wollte sie endlich einziehen und nicht mehr so angreifbar sein. Sie ließ Schlösser an den Fenstern anbringen, auch wenn es eher unwahrscheinlich war, dass jemand so hoch klettern würde, und sie ließ ein Sicherheitsschloss an ihrer Tür installieren. Es würde ihre kleine Festung sein. Sie bemerkte, dass die anderen Apartments gerade für den Verkauf renoviert wurden und Hero war froh, dass viele Arbeiter um sie herum sein würden, falls etwas passierte.

Himmel, du hörst dich paranoid an. Aber die boshaften Drohungen hatten ihr mehr zugesetzt, als sie sich das eingestehen wollte. Die Polizei hatte Verständnis gezeigt, hatten ihr aber gesagt, dass sie nicht viel tun konnten, bis ihr tatsächlich etwas passierte.

„Wissen Sie, wer diese Frau ist?"

Sie hatten sich die Fotos angeschaut und bedeutungsvolle Blicke getauscht, aber beide schworen Stein und Bein, sie wüssten es nicht. „Es ist wahrscheinlich nur ein schlechter Scherz", sagte der nette Polizist. „Manche Menschen mögen es einfach, Frauen Angst einzujagen."

Sie ließen es so klingen, als ob sie so was hätte erwarten müssen, allein wie sie war. Heros feministische Ader begann zu pulsieren, und sie sammelte die Nachrichten und Fotos ein, bedankte sich steif und wandte sich zum Gehen um. Sie wünschte sich fast, dass jemand sie angreifen würde, als sie durch die Lobby lief.

Hol mich doch ...

Ihre Angst hatte sich in Wut verwandelt, und sie stolzierte an dem Sicherheitsmann des Hotels vorbei, ohne ihn auch nur eines Blickes zu würdigen.

George Galiano wartete auf sie, saß an einem der Tische vor dem Restaurant, rauchte eine Zigarette und hatte ein Glas Rotwein vor sich. Er stand auf, als sie auf ihn zukam und küsste sie auf die Wangen. „Sie sehen wunderschön aus, Miss Donati. Bitte setzen Sie sich zu mir."

Bei einem frischen Krabbensalat fragte er sie über ihre Pläne mit dem Apartment aus.

„Um ehrlich zu sein, Mr. Galiano, will ich einfach einen sicheren Ort. Ich habe veranlasst, dass Möbel geliefert werden, aber darüber hinaus habe ich noch keine weiteren Pläne."

„Nun, ich kenne einige gute Innendekorateure, wenn Sie einen benötigen." Er hielt kurz inne. „Ich habe gesehen, dass Bachi schon damit angefangen hat, die anderen Apartments zu renovieren."

„Er besitzt also alle?"

George nickte, einen hässlichen Ausdruck in den Augen. „Wie ich Ihnen schon gesagt habe, haben Sie ihn ganz schön verärgert, als Sie das letzte gekauft haben. Bachi träumt davon, jedes großes Hotel in dieser Region, und wahrscheinlich auch in ganz Italien, zu besitzen. Seine Pläne sind, genau wie er selbst, lächerlich aufgeblasen."

„Ich denke, es ist gesund Ambitionen zu haben", sagte Hero vorsichtig.

George grinste. „Sie sind sehr großzügig, Miss Donati."

„Hero, bitte."

„Hero. So ein schöner Name. Sag mir Hero ... sind die Gerüchte über Arturos legendäre Fähigkeiten im Schlafzimmer übertrieben?"

Uhhh. Hero sah ihn fest an. „Wenn überhaupt, dann sind sie untertrieben."

Aber George lachte. „Ich wollte dich nicht beleidigen. Ich habe nur gefragt, weil ich sehen wollte, wie loyal du ihm gegenüber bist."

„Ich bin so loyal, wie ich es bei jedem Freund sein würde. Ich bin nicht mal seit einer Woche hier, Mr. Galiano, ich habe kein Interesse daran, in ihre Streitigkeiten hineingezogen zu werden."

„Verstehe." Sein Lächeln verblasste, und er seufzte. „Ich wünschte mir, ich könnte verstehen, warum wir uns entzweit haben, warum es so seltsam zwischen uns geworden ist."

Heros Neugier siegte. „Du hast eine Frau erwähnt, die ihr beide geliebt habt."

Er nickte. „Flavia. Sie ist vor zwanzig Jahren gestorben. Sie war eine wunderschöne Frau, genau wie du, aber ihre Schönheit war ihr Untergang."

„Warum?"

In Georges Augen trat ein gehetzter Ausdruck. „Sie wurde ermordet, erstochen. Sie haben ihren Mörder niemals geschnappt."

Der flüchtige Ausdruck auf Arturos Gesicht kam ihr in den Sinn, gefolgt von den Bildern der Frau auf dem Bild, das Hero erhalten hatte, und ihr wurde kalt.

„Erstochen?"

George nickte. „Mehrfach. Sie hatte keine Chance. Es hat die ganze Stadt fertiggemacht, mich und Arturo am meisten. Ich glaube, keiner von uns war seither jemals wieder derselbe. Klar, Arturo war ihr Freund damals, und so nahmen alle an, dass nur er leiden würde." Er schüttelte seinen Kopf. „Aber ich klinge wie ein verbitterter Mann."

Die Erkenntnis, dass Arturo jemanden, den er liebte, verloren hatte, zementierte die Verbindung zu ihm nur noch weiter. Plötzlich musste sich Hero eingestehen – sie verliebte sich in ihn, und nicht nur im Bett. Es schien jetzt unvermeidbar zu werden, dass sie ihm reinen Wein einschenken musste, was das Apartment anbelangte, und dass sie versuchen musste, die Dinge in Ordnung zu bringen.

„Mr. Galiano, danke für das Essen, aber ich muss jetzt los."

George stand mit ihr gemeinsam auf und küsste sie auf die Wange, ließ seine Lippen einen Herzschlag zu lange auf ihrer Haut. Er nahm ihre Hände und suchte ihren Blick. „Hero, sei dir bitte gewiss ... Arturo ist nicht deine einzige Option. Sei bitte vorsichtig. Er ist nicht derjenige, der er behauptet zu sein."

Hero zog ihre Hände weg und sah ihn eisern an. „Danke für die Warnung, Mr. Galiano."

Widerlicher Kerl. Hero verabschiedete sich und verließ das Restaurant, sehr zu ihrer Erleichterung. *Nicht meine einzige Option. Uh, die Arroganz dieses Mannes.*

Sie verspürte den Drang, mit jemandem von daheim zu sprechen, und so rief sie auf dem Weg zurück zum Apartment Imelda an, bekam aber nur ihren Anrufbeantworter. „Melly ... ich wollte nur mal schauen, wie es euch geht. Ruf mich bitte zurück. Ich muss deine Stimme hören." Sie kicherte leise, als sie auflegte. Sie hatte das noch

60

nie zu ihrer Schwester gesagt ... niemals. Es war schon lustig, wie die Entfernung eine Beziehung verändern konnte.

Hero steckte ihr Handy in ihre Tasche und setzte ihren Weg zum Patrizzi fort.

Peters Gesicht zeigte pure Enttäuschung. „Dir gefällt es nicht.“

Er und Arturo befanden sich in einem heruntergekommen Hotel an der Nordseite des Sees. Peter hatte es in letzter Minute gesehen und war sich sicher gewesen, dass es Arturo gefallen würde. Es hatte einen rustikalen Charme und eine fantastische Terrasse, die zum See herausführte. Eine steinerne Pergola, die von Wisteria überzogen war, führte zu dicht bewachsenen Gärten mit Azaleen, Kamille und Jasmin, die in der Brise wundervoll dufteten. Das Hotel selbst stand schon so lange leer, dass sich Ranken ihren Weg in das Innere gebahnt hatten und dem ganzen Ort einen fremdartiges, postapokalyptisches Flair verpassten.

Peter hatte sich auf den ersten Blick verliebt, aber er konnte an Arturos Gesicht erkennen, dass sein Freund anderer Meinung war. Er seufzte. „Also nein?“

Arturo drehte sich zu ihm um, und Peter war schockiert. E hatte falsch gelegen ... Arturos Augen leuchteten. „Es ist unglaublich ... aber nicht als Hotel. Himmel, Peter ...“

Peter war verwirrt. „Lass mich das mal zusammenfassen, du willst es nicht als Hotel, aber du liebst es?“

„Als Zuhause Peter. Als ein Zuhause für eine Familie.“

„Ein Familienheim?“, wiederholte Peter verwirrt. „Für wen?“

Arturo lachte. „Für mich natürlich. Für die Familie, die ich in der Zukunft haben werde.“ Er sagte nicht mit wem, aber Peter ahnte es.

„Turo, du kennst sie nicht einmal eine Woche.“ Peter sah seinen alten Freund verwundert an. Arturo war dafür bekannt, impulsiv zu sein, bei allem, außer in Beziehungsfragen. Auf diesem speziellen Gebiet konnte man sich immer darauf verlassen, dass er sie liebte und verließ. „Eine Woche", wiederholte Peter. „Wieso ist sie so anders, Turo?"

Arturo zuckte mit den Schultern. „Du musst sie kennenlernen, Peter, dann wirst du es verstehen. Sie ist intelligent, lustig und wunderschön, und ich bin verrückt nach ihr."

„So verrückt, dass du dir schon eure gemeinsame Zukunft ausmalst? Das bist nicht du", sagte Peter. „Du bist offensichtlich irgendwie ... Himmel, ich weiß auch nicht, aber du solltest mal einen Gang zurückschalten."

„Glaubst du nicht an Liebe auf den ersten Blick?"

Peter rollte mit den Augen. „Nein. Das tut ich nicht. Gar nicht. Sie ficken zu wollen ist nicht dasselbe wie Liebe, Arturo. Das muss ich dir nicht sagen."

„Es ist nicht das. Wenn es das wäre, dann wäre ich schon damit fertig. Aber sie ist ... schau, ich rufe sie an und mache etwas aus, damit ihr zwei euch kennenlernen könnt. Dann wirst du es selbst sehen."

Peter wollte protestieren, aber Arturo hatte schon sein Handy in der Hand. Peter beobachtete, wie sich ein Lächeln auf Arturos Gesicht ausbreitete, als eine Frau am anderen Ende abnahm.

„Bueno giorno, bella. Wie geht es dir? Gut. Hör mal, hast du heute Nachmittag Zeit? Ich würde dir gern meinen besten Freund Peter Armley vorstellen. Ja? Großartig, wir sehen uns dann, cara mia."

Arturo – und es gab wirklich kein anderes Wort dafür – glühte, als er auflegte und Peter anlächelte. „Du wirst sehen Peter. Sie ist perfekt."

Peter hielt seine Zunge im Zaum. Manchmal zahlte es sich aus, wenn man bei Arturo bis zum richtigen Moment wartete, um etwas zu sagen. Normalerweise kam er den Dingen auch immer von ganz allein auf den Grund. „Und was ist mit dem Haus?

„Das will ich für mich selber. Kannst du das erledigen?"

Peter seufzte, und seine Hotelfantasien verpufften. „Natürlich, aber bist du auch sicher? Wir haben es nicht eilig; es ist schon seit fünf Jahren auf dem Markt, ohne einen Käufer. Lass dir Zeit. Denke darüber nach."

Arturo schüttelte seinen Kopf. „Ich will es. Gib dem Besitzer das, was er verlangt, und erledige den Papierkram so schnell wie möglich. Ich will Hero hierherbringen und ihr zeigen, was ich geplant habe."

„Jesus", zischte Peter leise.

Eine Stunde später gingen sie in eine Bar in Como und sahen Hero Donati, die auf sie wartete. Peter warf der schönen Frau, die dort saß, einen Blick zu, ihr Haar über eine Schulter gelegt, ihre großen braunen Augen leuchtend, und erkannte sofort die offensichtliche – nein, nicht offensichtliche – die fast nicht zu übersehende Ähnlichkeit zu Flavia, und er drehte sich mit entsetztem Gesicht zu Arturo um.

„Arturo", sagte er. „Was hast du getan?"

KAPITEL 10

*H*ero mochte Peter Armley sehr, aber sie amüsierte sich über die Art, wie er sie anstarrte, als ob er sie von irgendwoher kennen würde. Arturo, falls er es bemerkt hatte, sagte nichts, und alle drei plauderten leicht miteinander.

Peter blieb bis zum frühen Abend und entschuldigte sich dann. „Abendessen." Er küsste Hero auf die Wange. „Es war wunderbar, dich kennenzulernen, Hero. Willkommen in Como."

Nachdem er gegangen war, verweilten sie und Arturo noch bei einem Aperitif. Arturo streichelte ihr Gesicht. „Hast du Hunger?"

Sie schüttelte ihren Kopf. Wenn sie ehrlich war, dann war alles, was sie wollte, dass er sie in seine Arme nahm und sie sich sicher und behütet fühlen konnte. Er drückte seine Lippen auf ihre. „Ich habe eine Idee."

„Oh?"

„Heute Nacht findet auf dem Wasser eine Mondscheinfahrt statt. Es werden noch andere Pärchen dort sein, aber ich dachte, du würdest es mögen."

Hero lächelte. „Ich würde es lieben. Das ist eine wirklich wunderschöne Stadt, Arturo."

„Ich bin froh, dass du sie magst." Er küsste sie erneut. „Hero, ich will nicht zu aufdringlich sein und dich erschrecken, aber ich würde wirklich gern herausfinden, wo das hier uns hinführt. Du und ich. Karten auf den Tisch ... ich habe so noch niemals empfunden."

Hero lächelte, aber der Wunsch, ihn wegen Flavia zu fragen, war einer ihrer drängendsten Gedanken. Sie musste das Mädchen gewesen sein, das sie auf den Fotos gesehen hatte und sogar Hero konnte die Ähnlichkeit zwischen ihnen erkennen. Wissend, dass Arturo das Mädchen geliebt hatte und dass jetzt jemand Heros Leben bedrohte ... konnte sie ihm vertrauen?

Steckte Arturo hinter diesen Drohungen? Hero wusste, dass sie diese Beziehung beenden sollte, aber sie konnte es nicht. „Um welche Uhrzeit ist die Bootsfahrt?"

„Neun." Arturos grüne Augen ruhten intensiv auf ihr. „Wir haben noch ein paar Stunden Zeit."

Hero spürte, wie seine Finger an ihrem Oberschenkel entlangstrichen, und sie stöhnte leise. Himmel, warum hatte er eine solche Wirkung auf sie? Er machte sie süchtig. Sie liebkoste sein Ohr und flüsterte: „Arturo. Bring mich nach Hause und fick mich ordentlich ..."

Arturo grinste breit, und zwanzig Minuten später zog er ihr das Kleid vom Körper, während sie sich küssten und aneinander krallten. „Warte nicht." Hero keuchte, und Arturo stieß seinen Schwanz tief in ihre Muschi und fickte sie wie wild, bis sie beide vom Bett fielen, lachend und sich neckend. Arturo zog sie an sich und glitt wieder in sie, und ihr Sex verlangsamte sich etwas. Sie nahmen sich Zeit, steigerten die Erregung, bis Hero kam, ihr Rücken sich aufwölbte, ihr Bauch an seinem, ihr Kopf zurückgeworfen, als sie schrie.

„Himmel, du bist berauschend", stöhnte Arturo, als er kam, dann brachen sie zusammen und schnappten nach Luft. „Hero ... il mia amore ..."

Es lag eine solche Zärtlichkeit in seinen Worten, dass Hero sich auf ihn rollte und ihn küsste. „Ich will dich schmecken."

Er grinste zu ihr herauf. „Liebling, ich würde nichts lieber wollen. Lass mich nur schnell dieses Kondom beseitigen."

Als er im Badezimmer war, wartete Hero, streckte sich auf dem luxuriösen Bett aus. Jedes Mal wenn sie nackt bei ihm war, fühlte sie sich so ... Wie war das Wort ...? Sinnlich, weiblich ... Er sorgte dafür, dass sie sich wunderschön fühlte. Als er wieder das Zimmer betrat, war sein unglaublicher Schwanz schon wieder halb erigiert, sie starrte ihn mit nackter Lust in den Augen an. Er kam auf das Bett zu, und sie setzte sich auf, nahm seinen Schwanz in ihren Mund, fuhr mit der Zunge über seine ganze Länge, fühlte wie die Muskeln unter der seidigen Haut hart wurden. Arturo stöhnte, als sie anfing zu saugen, zu necken und an der sensiblen Spitze zu knabbern, während sich ihre Fingernägel in seinen Hintern gruben.

Als er kam, dicken cremigen Samen auf ihre Zunge spritzte, schluckte sie es und lächelte dann zu ihm auf. Arturo schob sie zurück auf das Bett und schlang ihre Beine um seine Hüfte, küsste sie leidenschaftlich. „Du machst mich verrückt, Hero."

Sein Schwanz tippte an den Eingang ihrer Fotze und vergrub sich dann tief in ihr. Die Art, wie Arturo sie liebte, war jetzt schon fast rasend, seine Kontrolle über ihren Körper vollständig, und Hero kam wieder und wieder, als er sie fickte, sein Schwanz stieß in sie, bis auch er kam.

Als sie wieder zu Atem kamen, stöhnte Hero auf. „Wir haben es schon wieder getan. Mist."

„Was?"

Sie seufzte. „Das verdammte Kondom vergessen. Jesus."

Er streichelte ihren Rücken, als sie sich aufsetzte. „Cara mia, du brauchst dir keine Sorgen zu machen. Ich habe keine ansteckenden Krankheiten. Falls du mir nicht glaubst, dann können wir gern meinen Doktor anrufen, der es dir bestätigt."

Hero entspannte sich etwas. „Es ist aber nicht nur das. Ich könnte auch schwanger werden."

Arturo setzte sich auf und küsste sie auf die Schulter. "Wäre das so schlimm?"

Sie starrte ihn mit offenem Mund an. „Eine Woche, Arturo. Eine Woche. Nein, nicht." Sie wand sich von ihm weg, als er versuchte sie in die Arme zu nehmen. „Das ist alles zu viel." Hero rollte sich aus dem Bett und schüttelte ihren Kopf.

„Erst erwähnst du was von heiraten und jetzt das? Mach mal ein bisschen langsamer."

Sie fuhr sich mit der Hand durch ihre Haare und lief auf und ab. Arturo beobachtete sie."Es tut mir leid, Hero. Manchmal bin ich einfach zu schnell und freue mich zu sehr und ich nehme an ... ich bin verwöhnt. Ich bin daran gewöhnt, das zu bekommen, was ich will und wann ich es will, und manchmal vergesse ich dabei die Gefühle der anderen Menschen. Es tut mir leid."

Hero war von seiner Ehrlichkeit angetan, und ihre Panik, die noch vor einem Moment gedroht hatte sie zu überfluten, ließ langsam nach. *Rede mit ihm.* Sie setzte sich wieder auf das Bett. „Arturo ... ich bin noch nicht bereit für etwas so Ernstes ... so etwas Endgültiges. In meinem Leben passiert gerade eine Menge und nun ... ich bin gerade erst hier angekommen. Das heißt jetzt nicht, dass ich nicht gern mit dir zusammen bin. Denn das bin ich, wirklich, aber wir müssen es etwas langsamer angehen. Bitte."

„Natürlich. Es tut mir ehrlich leid." Er seufzte, aber er machte ihr Platz, griff nicht sofort wieder nach ihr. „Ich habe nicht gedacht, dass ich jemals wieder so empfinden könnte."

„Nach Flavia?", sagte Hero leise.

Ein langes Schweigen. „Ja. Also hast du mich auch gegoogelt, nehme ich an?"

Nun ging es los.

„Nein." Sie sah ihn an. „Ich habe heute mit George Galiano zu Mittag gegessen."

Sie sah, wie sich sein Ausdruck von Schock zu Wut und weiter zu Eifersucht und schließlich Akzeptanz wandelte. „Ich verstehe."

„Nur als ... Freunde. Wir haben uns auf der Auktion kennengelernt." So, eine kleine Lüge, aber es spielte keine Rolle. „Er war so freundlich mir von euren Streitigkeiten zu erzählen."

Arturo schnaubte. „Ich wette das hat er."

Hero grinste ihn schief an. „Du musst dir keine Sorgen machen ... er ist mir irgendwie unheimlich."

„Da liegst du auch richtig." Arturo lachte und sah erleichtert aus. „Also ... er hat dir von Flavia erzählt?"

Sie nickte. „Arturo, es tut mir so leid. Warum hast du es nicht erwähnt? Besonders nachdem ich dir von Beth und Tom erzählt habe."

„Ich wollte nicht, dass du ausflippst", gab er zu.

„Weil wir uns ähnlich sind?"

Arturo nickte. „Das seid ihr. Als ich dich das erste Mal gesehen habe, dachte ich, ich würde einen Geist sehen. Aber Hero, hör zu. Ihr seid zwei total verschiedene Personen, und ich weiß das. Deine Ähnlichkeit mit Flavia hat nichts damit zu tun, wie ich für dich empfinde. Das schwöre ich. Ich schwöre."

Sie nickte, aber sie wollte mehr als das. „Was für eine Frau war sie?"

„Zuerst einmal lass mich eines sagen. Du bist eine Frau. Flavia war ein Mädchen. Sie war achtzehn, als sie ermordet wurde. Und sie ... ich habe sie geliebt, ich habe sie wirklich geliebt, und sie hat mich geliebt. Aber sie hat auch die Männer geliebt und den Sex und nach ihrem Tod habe ich herausgefundenen, dass sie mit George geschlafen hat. Er war zu der Zeit mein Freund, und ich glaube, er hat es genossen, mir zu erzählen, dass meine heilige Freundin mich betrogen hat. Und wie du dir vorstellen kannst ... haben wir seitdem kaum mehr miteinander gesprochen."

„Was für ein Arschloch." Hero schüttelte ihren Kopf. „Was für eine gehässige und sinnlose Sache, das zu tun." Sie legte ihre Hand auf sein Gesicht. „Du bist eine Millionen Mal mehr Mann als der Kerl, Turo."

Arturo lächelte. „Das gefällt mir. Dass du mich Turo nennst." Er beugte sich langsam nach vorn, und sie kam ihm auf halbem Weg entgegen, gab ihm die Erlaubnis für den sanften Kuss, aber dann verblasste sein Lächeln. „Sie haben den Mörder niemals gefasst, und ich habe niemals herausgefunden, warum sie starb. Vielleicht war es ein anderer eifersüchtiger Liebhaber? Ich weiß es nicht. Die Polizei hat nichts gefunden." Er schüttelte seinen Kopf. „Ich habe immer noch Alpträume von ihrem Tod ... ihre entsetzliche Angst und die Schmerzen."

Hero war schlecht. *Erzähl es ihm. Erzähl ihm von den Nachrichten, den Drohungen ...* aber sie konnte es nicht.

Konnte ihm nicht schon wieder solche Sorgen bereiten. Sie küsste ihn sanft. „Es tut mir so leid, Turo."

Arturo schlang seine Arme um sie. „Du machst es besser, cara mia."

Sie lehnte sich an ihn und seufzte. „Ich hoffe es. Du lässt meinen Schmerz langsam weniger werden, Turo. Ich hoffe, dass ich eines Tages dasselbe für dich tun kann."

„Das hast du schon."

Sie liebten sich erneut und dieses Mal war es nicht das wilde Ficken von vorher, es war mehr, die Suche nach einer tieferen Verbindung, ihre Blicke waren ineinander verhakt.

Um neun Uhr nahm Arturo sie mit auf die Bootstour um den See, und sie kuschelten sich in ihre Sitze, genossen die Nacht, lachten zusammen, die Hände verschränkt. Es war das perfekte Ende eines anstrengenden Tages, und Hero spürte, wie sie sich bei diesem Mann entspannte. Sie musste ihm immer noch von dem Apartment erzählen, aber sie hatte sich entschlossen, dass, wenn er es wirklich haben wollte ... sie ihn nicht deswegen verlieren wollte. Sie konnten sich zusammen etwas einfallen lassen.

ER BEOBACHTETE SIE VON DER ANDEREN SEITE DES BOOTES. ETWAS WAR anders an der Art, wie sie jetzt miteinander umgingen: ein neues Verständnis, eine neue Nähe.

Perfekt.

Er fragte sich, ob Hero Donati schreien würde, wenn er das Messer wieder und wieder in sie stieß ...

KAPITEL 11

*H*ero packte den Rest ihrer Sachen in ihre Tasche und warf sie sich über die Schulter. Sie sah sich in dem Hotelzimmer um, das die letzten zehn Tage ihr Zuhause gewesen war, und fühlte sich nervös. Heute würde sie in das Patrizzi Apartment ziehen und später würde sie Arturo erzählen, was sie getan hatte. Sie konnte es nicht mehr vor sich selbst rechtfertigen, noch weiter Geld für ein Hotelzimmer auszugeben. Sie hatte ein Fünf-Millionen-Apartment, und sie musste dort leben.

Das Taxi brachte sie zum Apartment, und sie öffnete die Tür und betrat ihr neues Zuhause. Die Stille hallte von den Wänden wider, aber mit den ganzen Möbeln fing es langsam an, wie ein richtiges Zuhause auszusehen.

Sie öffnete die Tür zu dem kleinen Balkon und trat nach draußen, sog tief die frische Luft ein. Zuhause. Ein Schauer rann ihr über den Rücken aber er war von leichter Traurigkeit überschattet. Heute Abend würde sie es Arturo erzählen, und es würde entweder ihr Ende sein ... oder der Anfang von etwas anderem.

IHR HANDY KLINGELTE.

„Endlich", sagte Hero, als ihre Schwester sie begrüßte.

„Schimpf nicht, mein Handy ist in die Badewanne gefallen."

„Du meinst, du hast es in die Badewanne fallen gelassen."

Sie grinste als Imelda seufzte. „Schön. Wie geht es dir?"

„Gut. Ich bin in das Apartment gezogen."

„Gut. Das ist gut. Ist alles in Ordnung? Du hast so... seltsam auf dem Anrufbeantworter geklungen."

Hero zögerte. „Mir geht es gut. Ich wollte nur mal deine Stimme hören. Wie geht es Mom und Dad?" Adrenalin rauschte durch ihre Adern als ihre Schwester mit der Antwort zögerte. „Melly?"

Imelda seufzte. „Bekomm keine Panik ... aber Papa hatte etwas mit dem Herzen. Ihm geht es gut, aber ..."

„Oh Gott, Melly." Hero ging wieder nach drinnen und ließ sich auf die Couch fallen, ihr Herz raste, ihr Inneres war eisig. „Ich setze mich in ein Flugzeug. Ich buche mir sofort einen Flug und -"

„Nein, das wirst du nicht. Ich sagte keine Panik. Er wird sich erholen; sie behalten ihn nur zur Kontrolle dort. Ihm geht es gut, Schwesterherz. Ehrlich. Es war nur ein bisschen beängstigend."

Das verringerte Heros Panik nur geringfügig. „Warum hast du mir das nicht erzählt?"

„Weil Mom gesagt hat, ich soll es nicht tun. Weil sie sagt – und ich bin ihrer Meinung – du brauchst das. Du musst weg sein von Chicago, dir dein eigenes Leben aufbauen. Dad geht es gut, ich schwöre, und ich werde auf jeden Fall anrufen, wenn sich etwas ändert. Aber du bleibst dort, Hero. Du musst das tun."

Hero schwieg eine lange Zeit. „Versprichst du mir, dass du mich anrufst, wenn sich sein Zustand verschlechtert?"

„Ich verspreche es." Imelda stieß die Luft aus und als sie wieder sprach, war ihre Stimme leiser.

„Hero ... geht es dir gut?"

Hero schluckte einen Schluchzer hinunter und festigte ihre Stimme. „Ja. Es ist wunderschön hier."

„Hast du schon Freunde gefunden?"

Mehr als nur das ... „Ein paar."

„Gut. Süße, du hast das Richtige getan. Ich bin stolz auf dich."

Hero hatte einen Kloß im Hals und konnte nicht antworten und sie hörte Imeldas leises Lachen. „Pass auf dich auf, kleine Schwester. Und glaub mir, ich mag dich. Bis bald."

Die Verbindung wurde unterbrochen, bevor Hero etwas erwidern konnte. Sie saß einen Moment lang einfach da, versuchte die Worte ihrer Schwester aufzunehmen. Zuerst die Neuigkeiten über ihren Vater und dann gerade jetzt ... das war etwas, was einem 'Ich hab dich lieb' am nächsten kam, was sie jemals von ihrer Schwester gehört hatte.

Die Welt verschob sich auf ihrer Achse.

Hero schüttelte ihren Kopf und bevor sie es sich noch anders überlegen konnte, rief sie Arturo an und hatte seinen Anrufbeantworter am Apparat.

Arturo hörte seinen Anrufbeantworter eine Stunde später im Büro ab und runzelte die Stirn. „Das war seltsam."

Peter sah ihn an und legte den Papierstapel ab, den er in den Händen hielt. „Was?"

„Das war Hero. Sie will mich später treffen ... in den Patrizzi Apartments."

Peter runzelte die Stirn. „Warum zur Hölle?"

„Ich habe keine Ahnung." Arturo versuchte, sie zurückzurufen. „Hey, ich bin es. Ich kann dich natürlich dort treffen, aber was ist los, Hero? Also, ruf mich zurück, wenn du kannst, aber ich werde um sechs dort sein."

Er legte auf und legte sein Handy auf den Schreibtisch und kaute auf der Unterlippe. „Das ist wirklich seltsam."

Peter lächelte halbherzig. „Vielleicht ist Hero der Käufer?"

Arturo verdrehte die Augen. „Ja, weil sie ein paar Millionen einfach so rumliegen hat."

„Das könnte sie."

Arturo sah Peter über seine Brille hinweg an. „Wirklich? Das denkst du?"

„Nein. Können wir uns jetzt wieder hierauf konzentrieren? Villa Claudia gehört dir, sobald du unterschrieben hast. Ich fasse es nicht, dass du es für eine halbe Millionen bekommen hast."

Arturo grinste. „Wenn ich damit fertig bin, wird es zehnmal so viel wert sein. Nicht dass ich es verkaufen würde."

„Planst du es immer noch als Familienheim zusammen mit deiner zauberhaften Hero?"

„Was ist dein Problem?" Arturo sah bei dem zynischen Tonfall zu seinem Freund auf, und seine Augen verengten sich. „Magst du Hero nicht?"

„Ich mag sie sehr, Turo. Sie ist süß und klug und wunderschön." Peter fixierte ihn mit einem festen Blick. „Und sie sieht wie deine ermordete Freundin aus. Jesus, Arturo, wie kaputt bist du eigentlich?"

Arturo lehnte sich zurück und seufzte. „Sie ist eine komplett andere Person, Pete."

„Wie das?"

„Zum ersten ist sie Hero und nicht Flavia", sagte er trocken und verdrehte seine Augen bei Peters Gesicht.

„Außerdem ist sie eine Amerikanerin. Nicht Italienerin. Da liegt ein großer Unterschied. Und sie ist sanfter, und trotzdem selbstsicherer. Klüger. Sie ist eine Frau. Flavia ..." Arturo verspürte wieder die Traurigkeit, die ihn immer überkam, wenn er daran dachte, dass ein so junges Leben ausgelöscht worden war. „Flavia war nur ein Kind. Hero war verheiratet, mit Kind."

Peters Augenbrauen schossen in die Höhe. „Was?"

„Sie starben vor zwei Jahren bei einem Autounfall."

„Jesus. Wie alt ist Hero?"

„Achtundzwanzig."

Peter schüttelte seinen Kopf. „Scheiße. Hat sie dir von ihnen erzählt?"

„Ja." Arturo beugte sich nach vorn. „Ich habe ihr von Flavia erzählt, inklusive der Tatsache, dass sie sich sehr ähnlich sehen. Traurigerweise war ich nicht der Erste. George hat Hero von Flavia erzählt."

„Sie kennt George?" Peter sah amüsiert aus.

Arturo gluckste.

„Ja. Sie findet ihn unheimlich."

„Sie bekommt volle Punktzahl dafür, dass sie ihn richtig eingeschätzt hat."

Arturo grinste. „Egal, er hat sie zum Essen ausgeführt, versuchte seine üblichen Maschen bei ihr, aber sie hat ihn sofort durchschaut. Aber ja, er hat ihr von Flavia erzählt."

„Und das hat sie nicht vertrieben?"

Arturo versuchte nicht, sein Lächeln zu verbergen. „Nein. Aber sie hat mir gesagt, es etwas langsamer anzugehen."

„Gut." Peter seufzte. „Noch mehr Punkte für sie."

Arturo nickte, und sein Gesicht wurde ernst. „Pete ... sie ist etwas Besonderes. Ich weiß, dass du denkst, dass es wegen Flav ist, aber das ist es wirklich nicht. Ich ... mag sie wirklich. Ja. Jetzt schon."

Peter musterte seinen besten Freund. „Du liebst sie."

„Ja."

„Weiß sie davon?"

Arturo holte tief Luft. „Ich habe es noch nicht gesagt. Das ganze mach langsam Ding, verstehst du. Aber ja, ich liebe Hero Donati."

Und endlich sah er, dass Peter ihm glaubte.

Um sechs Uhr fuhr Arturo in die Stadt und parkte vor dem Patrizzi. Er sprach mit ein paar der Arbeiter, ließ sich von der bereits erledigten Arbeit erzählen und ging dann nach oben. Es war still im obersten Stock, und er lief durch die Korridore. Das Apartment war in der vom Fahrstuhl am weitesten entfernten Ecke und als er näher kam, konnte er sehen, dass die Tür offen stand. Er runzelte die Stirn. Warum zur Hölle war Hero hier?

Er betrat das Apartment und zuckte dann geschockt über das ganze Blut zurück. Sah den Körper. „Oh Gott, nein ... nein ... NEIN!"

KAPITEL 12

„Hero? Miss Donati? Können Sie mich hören? Wenn Sie können, dann öffnen Sie bitte Ihre Augen oder drücken Sie meine Hand."

Nichts. Der Notarzt sah seinen Partner an. „Sie ist wirklich weg."

Arturo knirschte mit den Zähnen und unterdrückte einen frustrierten Aufschrei. Von dem Moment an, an dem er hereingekommen war und sie bewusstlos auf dem Boden gefunden hatte, hatte er Hero in seinen Armen gehalten, während er auf den Notarzt gewartet hatte, und hatte immer wieder ihren Namen gerufen, aber sie war nicht aufgewacht. Seine Sachen waren mit ihrem Blut durchtränkt, überall waren Rettungssanitäter, und sie wollte immer noch nicht aufwachen.

Und jetzt konnte er sie nicht halten, weil sie von ungefähr einem Dutzend Rettungssanitätern umgeben war. Alles, was er tun konnte, war, frustriert seine Zähne zusammenzubeißen und Gott zumindest dafür zu danken, dass sie noch am Leben war. Das sagten sie ihm zumindest.

„Sie hat eine böse Wunde am Kopf. Kopfwunden bluten immer wie die verrückt ... ich würde sagen, sie wurde von hinten niedergeschlagen und oder ist gegen etwas gestürzt. Ja, dort. Schau ..." Der

77

Sanitäter deutete auf einen Metallgegenstand in der Küche. „Sie könnte gefallen sein oder ist vielleicht gestoßen worden – das wird die Polizei herausfinden."

Arturo konnte seine Augen nicht von Hero abwenden, so bleich, ihre goldene Haut so gelb und schlaff. „Wir sie wieder in Ordnung kommen?"

„Wir müssen sie erst untersuchen."

Er fuhr mit dem Krankenwagen mit und hielt Heros Hand. Als sie sich dem Krankenhaus näherten, stöhnte sie und öffnete ihre Augen. „Turo?"

Erleichterung durchströmte ihn mit einer solchen Wucht, dass er, wenn er gestanden hätte, weiche Knie bekommen hätte. „Hero, Gott sei Dank. Ich bin hier, bella. Ich bin hier, meine Süße."

Tränen standen in ihren dunklen Augen, und Arturo wollte gerade dem Arzt Bescheid geben, dass sie Schmerzen hatte, als ihre Stimme ihn aufhielt.

„Es tut mir so leid."

Arturo runzelte die Stirn. „Cara mia, wofür entschuldigst du dich? Was immer passiert ist, es war auf keinen Fall deine Schuld."

Der Krankenwagen hielt an, und sie würden sie jetzt in die Notfallaufnahme bringen. Arturo hielt ihre Hand, und sie starrte ihn mit qualvollem Blick an.

„Es tut mir so leid, Baby", sagte sie erneut mit schwacher Stimme. „Ich war es. Ich war diejenige, die das Patrizzi Apartment gekauft hat."

Arturo ließ ihre Hand los, als die Krankenschwestern ihn an der Tür stoppten, starrte ihr hinterher und verstand einen Moment lang nicht, was sie ihm gesagt hatte. Sie brachten Hero durch die Tür zum Notfall OP, und er verlor sie aus dem Blick.

Bis ins Innerste von ihrem Geständnis und dem schrecklichen Unfall – oder Angriff – erschüttert – konnte Arturo nicht klar denken. Er drehte sich auf dem Absatz um und verließ das Krankenhaus.

Fliss Seymore betrat das Krankenzimmer mit einem Strauß Blumen. „Ta-da!"

Hero gluckste, trotz ihres dröhnenden Kopfes und des schweren Gewichts, das sich auf ihre Brust gelegt hatte gluckste. „Du alberne Gans. Danke, dass du gekommen bist, Fliss ... Ich wusste nicht, wen ich hätte sonst anrufen können." *Und der Mann nachdem ich verrückt bin, hasst mich jetzt.*

Fliss umarmte sie liebevoll. „Es ist mir ein Vergnügen, Liebes. Geht es dir gut?"

„Nur eine Gehirnerschütterung und verletzter Stolz."

Fliss musterte sie. „Und einige ziemlich heftige blaue Flecken. Das hast du dir alles zugezogen, als du gefallen bist?"

Nein.

„Meine eigene Schuld. Ich bin über ein paar Schuhe gestolpert, die ich nicht weggeräumt hatte." *Als mir der Mann, der versucht hat, mich zu töten, mit einem Metallgegenstand auf den Kopf geschlagen hat.* Sie schloss einen Moment lang ihre Augen.

„Alles okay? Soll ich eine Krankenschwester rufen?"

Hero öffnete ihre Augen. „Nein, nur ein bisschen benommen. Fliss, wirklich, danke."

Fliss grinste sie an. „Ich wollte erst nur Blumen bringen, aber dann dachte ich, dass du das hier noch mehr lieben würdest." Sie holte eine kleine Schachtel hervor und gab sie Hero. Darin war eine Reihe leuchtender Pastellfarben.

Hero grinste. „Die sind wunderschön, aber du musst mich dafür bezahlen lassen."

„Auf keinen Fall ... aber du könntest mir ein bisschen über den Klatsch erzählen, von dem ich gehört habe."

„Was denn?" Hero bewunderte die leuchtend rote Pastellfarbe. Fliss grinste.

„Man erzählt ... dass es Arturo Bachi war, der dich eingeliefert hat, und dass er ziemlich verärgert war."

Heros Herz rutschte in ihre Hose. „Er war derjenige, der mich gefunden hat."

„Weil du diejenige warst, die das Patrizzi Apartment gekauft hat", krähte Fliss und genoss es sichtlich. „Mann, ich wette, die Polizei hat ihn ganz schön in die Mangel genommen."

Hero runzelte die Stirn. „Die Polizei?"

„Sie haben ihn festgenommen mit dem Verdacht, dass er dich angegriffen hat."

„Nein, nein, nein, das war er nicht, das war er nicht ... oh mein Gott, nein!" Hero spürte, wie Panik in ihr aufstieg.

Fliss sah sie alarmiert an und umarmte sie. „Sch, sch, ist schon gut. Beruhige dich. Sie haben ihn laufen lassen. Er hatte mehr als nur ein Alibi. Aber Hero ... hat dich jemand angegriffen?"

Hero nickte. „Ja. Aber nicht Arturo. Ich schwöre, dass er es nicht war."

„Ich glaube dir." Fliss' Gesicht, das normalerweise fröhlich dreinblickte, war sorgenvoll verzogen. „Wirst du es der Polizei erzählen?"

HERO NICKTE. „JA. ICH MUSS NUR ... ERST MEINE GEDANKEN sortieren." *Wie sortierte man seine Gedanken, wenn einem fast der Kopf eingeschlagen wurde?*

„Okay. Und du und Bachi ...?"

„Nicht mehr", flüsterte Hero, und die Tatsache, dass er nicht an ihrer Seite war, tat immer noch weh. Dass er sie verlassen hatte, als sie ihn so dringend brauchte. „Nicht mehr. Nicht nach ...“ Das Gewicht auf ihrer Brust wurde dann zu schwer, und sie begann leise zu weinen.

„Oh, Süße.“ Fliss schlang ihre Arme um sie und hielt sie, während sie sich ausweinte. Schließlich strich Fliss ihr die feuchten Haare aus der Stirn. „Hör zu, wann darfst du raus?“

„In ein paar Tagen.“

„Dann kannst du bei mir wohnen. Solange du willst. Ich habe ein Gästezimmer, es ist warm und sicher. Keine Diskussion.“

Hero lächelte sie an. „Hat dir schon jemand gesagt, dass du die Beste bist?“

„Ständig.“ Fliss grinste. „Und jetzt solltest du etwas schlafen, Süße. Brauchst du Schlaftabletten?“

Hero schüttelte ihren Kopf. „Aber ich könnte ein paar Schmerztabletten vertragen.“

Fliss drückte ihre Hand. „Ich bin gleich wieder da.“

Später, als sie allein war, fiel Hero in einen tiefen Schlaf, der von Bildern von Arturos schönem Gesicht heimgesucht wurde, das voller Zorn und Hass war. Sie verstand nicht, warum er einfach so eiskalt weggegangen war – es war nur ein Apartment, und er hatte gesagt, dass er wirklich etwas für sie empfand. Dennoch hätte sie es ihm schon eher erzählen sollen. Ihr bedeute das Apartment nichts mehr. Er konnte es haben.

Aber der Gedanke, dass er irgendwo dort draußen war und sie hasste, ließ sie sich schlecht fühlen. Sogar nach dieser kurzen Zeit wusste sie ... sie liebte Arturo Bachi. Und jetzt würde sie mit den Schmerzen leben müssen, ihn nie wieder zu sehen.

KAPITEL 13

„Sag mir das nochmal. Hero hat das Patrizzi Apartment gekauft?"

Arturo nickte knapp. Peter lehnte sich in seinem Sessel zurück, offensichtlich verblüfft. „Und jemand hat sie dort angegriffen?"

„Scheint so. Aber wer?"

„Hat sie irgendeine Ahnung?"

Arturo wandte seinen Blick von Peters intensivem Starren ab und sagte nichts. Peter seufzte. „Du hast sie noch nicht besucht."

„Nein."

„Bist du wütend?"

„Ja. Und nein. Himmel, ich weiß nicht, was ich denken soll. Sie hat es die ganze Zeit vor mir geheim gehalten."

Peter fixierte ihn. „Die ganze Zeit? Arturo, es sind nicht einmal zwei Wochen. Vielleicht wusste sie nicht, wie sie es dir sagen sollte. Vielleicht hatte sie Angst. Vielleicht wollte sie nicht, dass du es herausfindest."

„Warum hat sie mich dann in das Apartment eingeladen? Sie wusste es." Arturo stand auf und starrte aus dem Fenster.

Peter beobachtete ihn.

„Turo", sagte er sanft. „Ich habe dir gesagt, dass du dich nicht in sie verlieben sollst."

„Das spielt keine Rolle. Es ist jetzt vorbei."

„Verzeih ihr, es ist nur ein verdammtes Apartment. Verdammt Turo. Du behauptest sie zu lieben, aber du hast wirklich keine Ahnung, was Liebe ist, wenn du ihr etwas wie das vorhältst!"

Arturo drehte sich um und lächelte ihn traurig an. „Ich habe ihr in der Sekunde verziehen, als sie es mir gesagt hat. Die Frage ist, ob sie mir verzeiht, und ich glaube nicht, dass das passieren wird. Ich bin weggegangen Peter. Ich bin weggegangen, als sie mich am meisten gebraucht hat. Wie zur Hölle kann ich sie bitten, mir das zu vergeben?"

Der Ausdruck auf Peters Gesicht sagte ihm, dass sein Freund ihm mehr als zustimmte.

Arturo öffnete den Umschlag und holte stirnrunzelnd die Unterlagen heraus. Was zur Hölle? Es war die Eigentumsurkunde für das Patrizzi Apartment. In seinem Namen. Was zum Geier?

„Marcie? Wer hat diese Unterlagen vorbeigebracht?"

Marcella kam herein. „Junges Mädchen. Klein, lockige Haare. Englisch. Sehr nett. Was ist das?"

Arturo gab ihr die Unterlagen, und sie las sie mit großen Augen. „Wow. Also hast du das Apartment jetzt gekauft?"

„Nein. Deshalb bin ich verwirrt."

Das Telefon auf Marcies Schreibtisch klingelte, und sie ging hinaus, schloss die Tür hinter sich.

Arturo überflog erneut die Papiere. Also schenkte Hero ihm das Apartment? Nein, auf keinen Fall, das musste ein Fehler sein. Aber da war es, schwarz auf weiß. Sein Traum wurde ihm auf einem Silberteller überreicht, und es hatte ihn keinen Cent gekostet.

Es hatte ihn die Frau gekostet, die er liebte. Den wirklichen Traum.

Fliss bestand darauf, sich um alles zu kümmern, ließ Heros Möbel aus dem Apartment – dem Apartment, in dem sie nicht einmal eine einzige Nacht verbracht hatte – in Fliss' großes und wunderschön eingerichtetes Gästezimmer bringen.

„Ich bezahle dir Miete", sagte Hero und auch wenn Fliss ihre Augen rollte, akzeptierte Hero kein Nein.

Sie und die englische Frau freundeten sich schnell an und als die Wochen ins Land zogen, begann Hero ihr im Laden auszuhelfen. Eines Tages war sie allein im Laden, als ein Mann, den sie nicht kannte, hereinkam. „Miss Donati?"

Sie war sofort alarmiert. „Wer sind Sie?"

Er lächelte freundlich. „Ich arbeite für Signore Bachi. Er bat mich, Ihnen das hier zu bringen." Er gab ihr einen Umschlag, nickte und verließ den Laden.

Hero starrte auf den Umschlag. Ihr war sofort heiß und gleichzeitig kalt geworden, als sie Arturos Namen gehört hatte. Himmel ... sie wollte so sehr wissen, was er sagte, und hatte gleichzeitig riesige Angst davor. Sie wappnete sich und riss den Umschlag auf.

Es gab keine Notiz, nur einen Scheck über fünf Millionen Euro. Die Nachricht war klar. Arturo wollte keinerlei Verbindung mehr zu ihr.

„Oh, verdammt, verdammt", murmelte Hero, und Tränen traten ihr in die Augen. Da ging ihre letzte Hoffnung. Sie stopfte den Scheck wieder in den Umschlag und hob ihn dann an ihr Gesicht. Sein frischer, würziger Duft hing daran, und Erinnerungen an seine Haut neben ihrer, seine hungrigen Lippen und seine Arme um sie überfluteten sie. Die Art, wie er sich auf seine Arme stützte, wenn er tief in sie stieß und sie zur Ekstase brachte. Die Liebe in seinen Augen.

Hero ließ den Kopf sinken und fing an zu weinen. *Reiß dich zusammen.* Aber sie konnte nicht. Das war eine andere Art von Verlust, ein frischer, und der Schmerz war überwältigend.

Von seinem Versteck auf dem Platz aus beobachtete er sie. Arturos Brust tat weh, als er sie weinen sah. War es aus Erleichterung, dass er für das Apartment bezahlt hatte? Oder war es der Schmerz über ihre Trennung?

Seine Wut, die er wegen des Apartments ihr gegenüber empfunden hatte, war verraucht. Er hatte jegliche Motivation für egal was verloren. Arturo wusste, dass er zu ihr hinübergehen und sie um Verzeihung bitten konnte ... aber beim Gedanken daran, dass sie ihn wegschicken würde? Sein Mut verließ ihn. Sein Herz hielt das einfach nicht aus. Er wusste jetzt, dass er Flavia wie ein selbstverliebter Junge geliebt hatte – er liebte Hero wie der Mann, der er für sie sein wollte.

Arturo wandte sich ab und ging schnell zur Polizeistation. Er mochte zwar nicht mehr mit Hero zusammen sein, aber er würde verdammt sein, wenn er aufhören würde, nach dem Täter zu fahnden. Die Polizei hatte ihn verdächtigt, aber er hatte dennoch Einfluss.

Er fand mehr heraus, als er mit dem leitenden Polizisten sprach. „Signora Donati hat Drohungen erhalten, Signore Bachi. Todesdrohungen. Sie ist letzte Woche mit ein paar der Nachrichten zu uns gekommen, aber wir konnten nichts tun. Das ist alles, was ich Ihnen sagen kann."

Arture schaffte es sein Temperament unter Kontrolle zu halten. Hier herumzutoben würde ihm keine weiteren Informationen bringen. „Aber jemand hat sie angegriffen? Geben Sie ihr Schutz?"

„Wir haben nicht genug Leute."

Arturo war zornig, als er die Station verließ. Er nahm sein Handy und bat seinen Hauptsicherheitschef Schutz für Hero zu arrangieren. „Aber – und das ist wichtig – sie darf es nicht wissen. Das muss diskret sein, und ich will nicht, dass ihr hinterherspioniert wird." Er zählte auf, was sonst noch benötigt wurde und legte auf. Er wollte zu gern in die kleine Seitenstraße mit dem kleinen Kunstbedarfsladen gehen, doch er bremste sich. Es würde ihm nur noch mehr weh tun. Sogar schlimmer, es würde auch ihr weh tun, und das konnte er nicht rechtfertigen, ganz egal wie sehr er litt.

Stattdessen fuhr er ins Büro und suchte Peter auf, der ihn ansah und seine Jacke nahm. „Komm."

„Wohin gehen wir?"

„Zur Villa Claudia. Du brauchst Ablenkung."

Hero sperrte gerade den Laden zu, als sie hörte, wie jemand ihren Namen rief. Als sie sich umdrehte, sah sie einen lächelnden George Galiano, der auf sie zukam, und ihr wurde mulmig zumute. Sie brachte ein Lächeln auf ihr Gesicht und begrüßte ihn.

„Ciao Bella." Er küsste sie auf die Wange und nickte dann zum Laden hin. „Arbeitest du jetzt hier?"

„Ich helfe nur aus."

Er nickte. „Verstehe. Ich bin gerade vorbeigekommen und habe mir gedacht, dass du es bist. Komm, lass uns etwas trinken gehen."

AUS PURER HÖFLICHKEIT GING HERO MIT IHM ZUSAMMEN ZU EINER BAR am See.

„Wollen wir draußen sitzen? Es ist ein solch warmer Abend."

Hero war es egal. „Schön."

George plauderte eine Weile lang angenehm über nichts Spezielles, und Hero hörte ihm kaum zu. Dann lehnte er sich zurück und musterte sie. „Ich habe einige Dinge gehört. Dein Unfall? Es tut mir sehr leid. Hast du noch Schmerzen?"

„Nein." *Keine körperlichen.*

„Und du und Arturo? Ich habe gehört, ihr habt euch getrennt."

Hero seufzte. „Dafür dass es privat ist, verbreiten sich diese Neuigkeiten verdammt schnell."

„Das ist eine kleine Stadt, Hero. Und Arturo ist aus irgendeinem Grund immer eine Quelle für Klatsch und Tratsch."

„Du scheinst daran interessiert zu sein."

George zuckte mit den Schultern. „Arturo und ich ... wir kennen uns schon lange."

„Das hast du mir erzählt. Flavia hat ihn mit dir betrogen." Es kam anklagend heraus, und Hero bereute es in dem Moment, als es ihren Mund verließ.

George beugte sich nach vorn, und seine Augen glimmten boshaft. „Das hat sie. Sie war sehr unglücklich mit Arturo, aber ich nehme an, das hat er nicht erwähnt. Er stellt sich immer gern als der Unschuldige hin. Er wird das auch mit dir tun; wird erzählen, dass du der Räuber bist, hinter seinem Geld her, ihn benutzt und fallen gelassen hast."

Hero zuckte bei dem Hass in seiner Stimme zurück. „Das ist nicht der Mann, den ich kenne."

„Du kennst ihn seit zwei Wochen, Hero." George lehnte sich zurück. „Ich kenne ihn ein Leben lang."

„Ich denke, ich sollte besser gehen." Hero stand auf. „Ich will wirklich nicht in den Konflikt zwischen euch beiden hineingezogen werden."

George lachte. „Du verstehst es nicht, nicht wahr? Du bist schon mittendrin. Du bist in dem Moment hineingeraten, als du Arturo gefickt hast."

Wütend wandte sich Hero von ihm ab ... und rannte direkt in Arturo.

KAPITEL 14

*A*rturo starrte sie an und verspürte ein verzweifeltes Verlangen, sie in seine Arme zu schließen und die Schmerzen in ihren Augen wegzuküssen. Hero sah bleich, wütend und unglaublich schön aus. „Hero ...“

Ihre Augen füllten sich mit Tränen. „Hallo, Turo.“

Himmel, wenn sie seinen Namen so sagte ...

„Schau ich ...“

Dann sah er ihn: George Galiano, der aufstand. Arturos Herz gefror, und sein Kiefer spannte sich an.

„Galiano.“

Hero – Himmel sah sie schön aus – sah auf ihre Füße, ihr Gesicht rot, und Galiano sah selbstzufrieden aus. *Was zur Hölle wollte sie von ihm?*

George sah ihn triumphierend an, seine Augen funkelten boshaft. „Bachi. Armley“, fügte er an Peter gewandt hinzu, der hinter Arturo stand. Arturos Augen flogen wieder zu Hero, die seinen Blick erwiderte.

Niemand sagte etwas, und die Spannung zwischen ihnen knisterte in der Luft.

Abrupt wandte sich Hero mit der Hand vor ihrem Mund ab und rannte über die Piazza und verschwand in einer Seitenstraße.

Arturo starrte ihr hinterher, und sein Herz brach entzwei. *Komm zurück. Komm zurück, ich liebe dich, es tut mir leid ...*

„Du bist mit dem Herzen des kleinen Mädchens zu sorglos umgegangen. Genau wie mit Flavias." George Galianos Stimme drang in sein Hirn, und Arturo drehte sich mit geballten Fäusten wieder zu ihm um.

„Lass sie in Ruhe, Galiano. Hero Donati ist kein Spiel, bei dem du Punkte gewinnen kannst."

George lachte. „Ich spiele keinerlei Spiele, Arturo. Ich spreche nur Tatsachen aus. Und davon abgesehen hast du wahrscheinlich jegliches Anrecht auf ihr Herzen aufgegeben, als du sie im Krankenhaus allein gelassen hast. Was für ein Mann tut so etwas?"

Arturo erwiderte nichts, denn er war damit beschäftigt, George über den Tisch hinweg einen Fausthieb zu verpassen. George fiel nach hinten in drei andere Tische, und die Kellner des Cafés kamen herbeigeeilt.

Peter zog Arturo praktisch in sein Auto und fuhr los, bevor Arturo wieder aussteigen und George noch mehr schlagen konnte. „Jesus, Turo." Er schüttelte seinen Kopf, als sie aus der Stadt rasten. „Du musst deinen Kopf wieder zurechtrücken."

Arturo, dessen Wut langsam verflog, lümmelte auf dem Sitz. „Hast du sie gesehen? Himmel, sie hat so verletzt ausgesehen."

Peter seufzte. „Turo, du wirst es nicht mögen, was ich dir sagen werde ... aber ihr zwei zusammen ... das ist nicht gut. Ihr tut euch gegenseitig nicht gut. Halte dich von ihr fern."

Arturo wollte das abstreiten, aber ihm fehlte die Kraft dazu. Sein Elend überrollte ihn. Nachdem ihm Peter später am Abend das Versprechen abgerungen hatte, dass er sie in Ruhe lassen würde, ließ er ihn allein. Arturo konnte aber nicht aufhören an sie zu denken: die noch sichtbaren blauen Flecken auf ihrem Gesicht, das Leid in ihren Augen. Er wusste, dass sie ihn liebte – wusste es – aber vielleicht hatte Peter ja recht. Vielleicht waren sie zusammen tatsächlich eine Katastrophe. Vielleicht wäre ihr nie etwas passiert, wäre sie nie bedrohten worden, wenn sie ihn nicht kennen würde.

Er lehnte seinen Kopf an das kühle Fensterglas der Villa und sah auf die Lichter der Stadt. „Es tut mir leid", flüsterte er und schloss seine Augen.

Am nächsten Morgen wachte Hero von dem Geräusch lauter Stimmen auf. Sie blinzelte in das fahle Morgenlicht, zog ihren Morgenmantel über und ging hinaus, um nachzusehen, was los war. Fliss kam ihr im Flur entgegen. „Du hast einen Besucher. Ich habe ihr gesagt, dass du schläfst, aber sie hat mir gesagt, dass ich dich aufwecken soll."

„Sie?" Aber dann öffnete sich die Tür, und Hero sah sie. „Melly?"

„Wer sonst?"

Hero sprang nach vorn und umarmte ihre erschrockene Schwester heftig.

Fliss, die offensichtlich Angst vor Imelda hatte, entschuldigte sich und ging zur Arbeit. „Nehmt euch, was ihr braucht", sagte sie ihnen und dann leise zu Hero: „Valium, Heroin, Morphin ..."

Hero unterdrückte ein Lächeln. „Danke, Fliss. Es tut mir leid. Es scheint, dass ich dein ganzes Leben in Beschlag nehme."

„Hey, mi casa es su casa. Bis später."

Hero holte tief Luft und drehte sich zu ihrer Schwester um. Imelda machte Kaffee, öffnete den Kühlschrank und holte Milch heraus. Sie hielt inne, als Hero kam und sich an den Türrahmen lehnte.

„So." Imelda stemmte ihre Hand in die Hüfte und fixierte Hero mit einem laserstrahlartigen Starren. „Wer hat dir das angetan?" Sie zeigte auf die verblasenen blauen Flecken. „Warum hast du mich aus dem gottverdammten Krankenhaus nicht angerufen ... und wer ist der Milliardär, den du fickst?"

Arturo lief durch die Villa Claudia und versuchte sich darauf zu konzentrieren, was er damit tun wollte. Das schlimmste daran war ... er hatte hier seine Zukunft gesehen, mit Hero. Er konnte sie sich hier förmlich vorstellen: wie sie ihre Finger durch die Wisteria gleiten ließ; der Duft ihrer Haut, wenn sie im Mondschein hier tanzen würden; Kerzen auf einem langen steinernen Tisch; die Überreste ihres Abendessens, leere Flaschen Wein; Hero barfuß in einem leichten Baumwollkleid, ihr Haare fielen ihr über den Rücken; in seinen Armen, ihre Lippen an seinen.

Arturo schloss seine Augen und träumte.

Er küsste ihre Augenlider und ihre dunklen Wimpern strichen über ihre Wange. Sie flüsterte „Ich liebe dich." Seine Finger zogen die dünnen Träger ihres Kleides über ihre Arme nach unten, das Kleid fiel zu Boden. Ihre Brüste, so voll, so weich in seinen Händen, die Nippel hart, als seine Zunge darüber flog. Er legte sie auf das dicke Gras, vergrub sein Gesicht in ihrem Geschlecht, während sie sich unter ihm wand und nach Luft schnappte. Er saugte an ihrer Klitoris, bis sie ihn anflehte, und dann stieß er in sie. Die Röte auf ihrem Gesicht, wenn sie kam.

Arturo stöhnte und setzte sich auf den kalten Steinboden. Wie war das alles passiert? Er hatte sich nie an eine Frau gehängt; er hatte mit jeder rumgemacht und sie niemals zurückgerufen. Er hatte sich niemals gefühlsmäßig auf etwas eingelassen. Und mit Sicherheit hatte er noch niemals so empfunden, nachdem er eine Frau gerade einmal zwei Wochen lang kannte.

Scheiß drauf. Er würde diesen Ort hier dennoch zu seinem Zuhause machen. Er konnte allein hier leben und niemals wieder zulassen, dass eine Frau ihm so nah kam.

Nein. Nein. Das würde nicht funktionieren. Für uns.

Verdammt.

Er hob seinen Kopf und sah sich noch einmal um, hörte Heros leises Lachen durch die Räume hallten. Und dann machte es Klick.

Ich werde sie mir zurückholen.

KAPITEL 15

„*A*lso wen hast du verärgert?" Imelda sah auf die Nachrichten und die Fotos von dem ermordeten Mädchen.

Hero schüttelte ihren Kopf. „Ich weiß es nicht. Die erste kam schon ein paar Tage, nachdem ich hier war. Die anderen drei später." Sie erinnerte sich zurück. „Die erste ... ich war gerade wieder zum Hotel gekommen, und jemand war mir gefolgt. Ein Mann. Ich denke er hatte ein Messer."

Imelda starrte sie an. „Und du bist danach nicht zur Polizei gegangen?"

„Nein. Ich habe es ignoriert. Wer würde mich bedrohen? Ich dachte sie ... sie hätten das falsche Zimmer erwischt."

Ihre Ausrede klang nicht sehr überzeugend, und Imelda sah sie skeptisch an.

„Du warst mit ihm zusammen in dieser Nacht, nicht wahr?"

„Ja."

. . .

93

„Also hattest du ein Fick-Mich-Hirn."

Hero schnaubte vor Lachen. „Ich hatte was?"

„Ein Fick-Mich-Hirn. All diese Endorphine in deinem Körper. Du warst schwanzgesteuert."

Hero gluckste, fühlte sich besser, jetzt, wo ihre Schwester hier war. „Ich weiß nicht, warum ich das sage Melly, aber ich habe dich vermisst."

Imelda musterte ihre jüngere Schwester. „Weißt du, was seltsam ist? Ich habe dich auch vermisst."

„Danke", sagte Hero trocken, aber Imelda winkte ab.

„Nein, ich meine ... es war komisch, als du nicht da warst. Und es war ja nicht so, dass du nur geheiratet hattest und irgendwo am anderen Ende von Chicago gelebt hast. Ich habe mich gefühlt wie ... als ob du verschwunden wärst. Weg. Einfach Weg. Als wir nicht wussten, wo du warst, habe ich ehrlich gedacht, du hast etwas Dummes angestellt. Hero, als ich dir gesagt habe, dass du wegziehen sollst, wollte ich dich nur wachrütteln. Ich wollte nicht wirklich, dass du in ein anderes Land ziehst."

„Ich weiß das, Melly."

Imelda seufzte leise. „Ich war nicht sehr nett zu dir früher."

„Nein."

„Ich war eifersüchtig."

Hero riss die Augen auf. „Du warst eifersüchtig auf *mich*? Warum?"

„Weil du nett warst und ich nicht wusste, wie ich auch so sein konnte. Ich war nur eine geborene Zicke."

„Du bist keine Zicke", sagte Hero mitfühlend. „Du bist nur ehrlich." Sie dachte nach und grinste dann. „Manchmal allerdings ... hast du einen Löffel zu viel aus dem Arschlochglas genommen."

Beide lachten.

„Himmel, Melly, es ist so schön zu lachen." Hero rieb sich über das Gesicht, und ihr Lächeln verblasste etwas. „Ich habe es hier von Anfang an vermasselt."

Imelda schwieg einen Moment lang und als sie wieder sprach, war ihre Stimme leise und warmherzig. „War er etwas Besonderes?"

Hero nickte. „Ich habe noch niemals jemanden wie ihn getroffen, Melly. Nicht einmal Tom und Gott weiß ich habe Tom geliebt. Er war mein allerbester Freund auf der Welt, aber Arturo ..." Sie wurde rot. „Ich hatte noch niemals solchen Sex. Und unsere Verbindung ... Himmel, Melly." Tränen drohten, sie wieder zu überwältigen. „Es hat sich einfach richtig angefühlt, weißt du?"

Imelda seufzte und nahm die Hand ihrer Schwester. „Hero ... ich hasse es, das zu sagen, da ich es ihm nicht verzeihen kann, dass er dich im Krankenhaus einfach allein gelassen hat, aber wenn du wirklich so tief für ihn empfindest, vielleicht gibt es doch noch eine Chance?"

„Ich würde da gern dran glauben, aber ich denke nicht, dass es viel Hoffnung gibt."

Arturo beendete seine Rede vor der Geschäftsleitung, nachdem er sich ihr Einverständnis gesichert hatte, den Namen der Villa Patrizzi zu ändern. Er sah, dass es ihnen egal war, welchen Namen er dem Hotel verpasste und soweit sie es anging, konnte er tun, was er wollte.

Er hatte ihnen nicht gesagt, dass er Hero jeden Cent zurückgezahlt hatte. Die Summe war angesichts seiner Millionen nichts. Peter war verärgert gewesen, hatte dann aber mit den Schultern gezuckt. „Hey, es ist dein Geld, Kumpel."

Arturo grinste. „So passiv-aggressiv."

Peter musste lachten. „Hör zu, Philipo lässt fragen, ob du ihn bald besuchst."

Arturos Onkel Philipo führte zwar die Bachi Stiftung, aber er war nur eine Figur im Hintergrund.

Arturo konnte an einer Hand abzählen, wie oft er seinen Onkel in den letzten zehn Jahren gesehen hatte. Peter sah seinen Onkel mehr als er selbst, da er den Fond verwaltete, den sein Onkel ihm gegeben hatte.

Arturo war überrascht, dass er ihn jetzt zu sich rief, und als Peter und er zu ihm fuhren, war er schockiert, dass sein Onkel so gebrechlich geworden war. Er sah schnell zu Peter, der genauso überrascht aussah.

„Onkel ... wie geht es dir?"

Philipo winkte ab. „Alt, mein Junge, du kannst also dein Gesicht wieder glätten. Ich habe dich aus einem bestimmten Grund kommen lassen. Dein vierzigster Geburtstag ist in einem Jahr, aber ich habe mich dazu entschlossen, das Geld schon früher freizugeben. Es besteht eine gute Chance, dass ich es nicht mehr bis zu deinem vierzigsten Geburtstag schaffen werde. Krebs."

Arturo hatte noch nicht einmal richtig begriffen, um was es ging, als Philipo bereits fortfuhr.

„Nein, schau nicht so. Ich hatte ein schönes Leben." Er sah Peter an. „Aber ich habe eine Bedingung. Peter wird darüber bestimmen. Ich habe nicht vergessen, was deinen Vater dazu veranlasst hat, diese Bedingungen aufzustellen, so, wie du dich damals verhalten hast."

„Onkel ... das Geld ist im Moment meine geringste Sorge", erwiderte Arturo. „Es muss doch etwas geben, was wir tun können. Ich könnte dich zu Sloan-Kettering bringen, zur Behandlung."

Philipo schüttelte den Kopf. „Ich bekämpfe das nicht. Ich bin auf den Tod vorbereitet, Arturo. Ich will wieder bei meiner Giovanna sein."

Der wehmütige Blick des alten Mannes brachte sofort Hero wieder in seine Gedanken zurück, und Philipo schien ihn zu durchschauen

„Da wir gerade von Liebe sprechen ..." Ein Lächeln erhellte das Gesicht des alten Mannes."Ich habe gehört, dass du eine neue Liebe hast. Ein amerikanisches Mädchen."

Arturo räusperte sich, unangenehm berührt, versuchte sich klar zu werden, wie er nach der Ankündigung des alten Mannes über sein Liebesleben reden konnte. „Es ist ... kompliziert, Onkel."

„Pah", spuckte sein Onkel. „Unkompliziere es, wenn du sie liebst. Liebst du sie?"

„Sehr." Arturo spürte Peters Blicke auf sich und erwiderte diesen. „Ich werde es versuchen, Onkel. Habe ich deinen Segen?"

„Was interessiert es mich? Ja, ja, du hast meinen Segen. Verschwende die Liebe nicht, Arturo." Philipo sah ihn fest und kraftvoll an, und in dem Moment merkte man ihm seine tödliche Krankheit nicht an. „Das bedeutet auch keine Zeit zu verschwenden."

Im Auto auf dem Weg zurück ins Büro musterte Peter seinen Freund. „Du willst versuchen, Hero wiederzubekommen?"

„Ja. Sie ist alles, was ich will, Peter. Alles, was ich brauche. Ohne sie bedeutet mir alles nichts."

Peter schwieg, und Arturo wusste, dass sein bester Freund sich Sorgen machte. Er warf ihm ein halbherziges Lächeln zu.

„Peter, ich weiß, was du denkst, aber ich bin jetzt älter. Ich weiß, was ich will."

„Ich will nur nicht, dass du dein Leben in die Hände von jemandem legst, den du erst vor zwei Wochen getroffen hast, egal wie großartig sie im Bett ist."

Arturo seufzte. „Pete, es ist nicht nur der Sex mit Hero ... sie ist es. Ich habe so etwas noch nie bei jemandem anderem gefühlt ... nicht einmal bei Flavia. Du kennst mich, ich lasse mich nicht auf etwas ein, aber als ich Hero getroffen habe, hat sich meine Welt verändert. Mir ist bewusst geworden, was wichtig ist."

„Aber du hast sie im Krankenhaus allein gelassen."

Er verzog das Gesicht. „Schock. Verwirrung. Mein dummer männlicher Stolz. Es interessiert mich aber nicht mehr. Ich will sie zurück.

Ich weiß, dass ich immer bekomme, was ich will, aber ich denke, sie will es auch, Peter. Wir sind gut füreinander. Wir passen zusammen. Ich brauche sie so sehr ... ich denke, sie braucht mich auch."

Peter sagte nichts mehr.

Als Arturo wieder im Büro war, begrüßte er Marcella, ging in sein Büro und schloss die Tür. Er holte tief Luft, nahm sein Handy, blätterte durch seine Kontakte, bis er Heros Nummer gefunden hatte, und drückte 'wählen'. Als er ihre sanfte Stimme hörte, nervös und zitternd, lächelte er. „Ich bin es. Können wir reden?"

KAPITEL 16

*A*rturo sah die große, blonde Frau im Restaurant und war überrascht, als sie an seinem Tisch stehen blieb. Ihr Gesicht war elegant und schön, aber ihre Augen blickten misstrauisch und unfreundlich. „Signore Bachi?"

„Das bin ich."

Sie streckte ihm ihre Hand hin. „Imelda Donati."

Heros Schwester. Arturo stand auf und schüttelte mit gerunzelter Stirn ihre Hand. „Geht es Hero gut? Ich habe gehört, sie hat sich von ihren Verletzungen erholt -"

„Ihr geht es gut. Sie ist im Moment zu Hause und schmollt, weil ich ihr untersagt habe, hierherzukommen. Darf ich mich setzen?"

„Natürlich." Er rückte ihr den Stuhl zurecht und unzählige Fragen schossen ihm durch den Kopf. Hatte Hero ihre Meinung geändert? Was meinte diese Frau damit, dass sie Hero untersagt hatte herzukommen?

Imelda Donati musterte ihn. „Ich sehe, was Sie denken. Sie ist eine achtundzwanzigjährige Frau. Wie kann ich sie davon abhalten, etwas zu tun, was sie will? Signore Bachi ... Ich wollte Sie zuerst sehen, sie kennenlernen, den Mann sehen, der meine Schwester in das Chaos gestürzt hat, in dem sie sich momentan befindet."

Arturo nickte. „In diesem Fall werde ich ihre Zeit nicht verschwenden. Sie sind hier, um zu sehen, ob ich gut genug für Hero bin. Lassen sie mich das klarstellen. Das bin ich nicht. Ich bin nicht gut genug für sie. Aber ich werde nichts unversucht lassen, um zu diesem Mann zu werden."

Imelda hob eine perfekt manikürte Augenbraue. „Sie sollten wissen, Signore Bachi, dass ich mich nicht so leicht von einem hübschen Gesicht oder einem gut aussehenden Mann beeindrucken lasse. Es braucht mehr als nur Worte, um mich zu überzeugen, dass Ihnen wirklich etwas an meiner Schwester liegt. Wir haben sie fast verloren, als Tom und Beth gestorben sind. Als sie nach drei Monaten aus dem Koma erwacht ist und herausfand, dass ihr Ehemann und ihre Tochter tot waren, und ich ihr sagen musste, dass wir sie ohne sie begraben hatten ... ich will nicht, dass sie so etwas noch einmal durchmachen muss."

„Ich schwöre bei Gott, dass ich sicherstellen werden, dass sie für den Rest ihres Lebens wohlbehütet ist, wenn sie mich lässt", sagte Arturo feurig. „Ich will Hero nicht vorschreiben, was sie zu tun oder zu lassen hat; ich will, dass sie frei, glücklich und, mehr als alles andere, sicher ist."

„Sicher." Imeldas Ausdruck änderte sich, und Angst kam zum Vorschein.

„Signore Bachi ..."

„Bitte nennen Sie mich Arturo."

„Arturo ... wussten Sie, dass Hero bedroht wurde, bevor man sie angegriffen hat?"

Er nickte. „Ich habe vor kurzem erfahren, dass sie Nachrichten erhalten hat kurz vor dem Un... dem Angriff. Sie hat es also bestätigt? Sie wurde in der Villa Patrizzi angegriffen?"

Imelda seufzte. „Ja. Ein Mann hat sie von hinten geschnappt, sie geschlagen und ihr gesagt, dass er sie *dieses* Mal nicht töten würde."

Arturos Mund wurde trocken, aber Imelda sprach noch, also konnte er sich nicht in dem Entsetzen, das ihn packte, verlieren.

„Sie hat keine Ahnung, wer er war oder warum er sie ausgewählt hat. Arturo, wenn Sie sie so sehr mögen, wie Sie das behaupten, dann beweisen Sie es. Helfen Sie mir dabei, herauszufinden, wer meine Schwester bedroht."

„Alles." Arturo nahm ihre Hand und drückte sie fest. „Alles."

Imelda hielt kurz inne und zog dann ihre Hand langsam weg. „Dann können Sie mir vielleicht sagen, wer diese Frau auf den Fotos war, die Hero bekommen hat?"

Sie legte die zwei Fotos vor ihm auf den Tisch. Arturos Brust tat weh, als er darauf starrte. Flavia. Verletzt und zu Tode verängstigt, dann ermordet. Sie sah Hero so ähnlich ... die Bedeutung war klar. Wer auch immer diese Nachrichten geschickt hatte – der Mörder – wollte auch Hero ermorden. Warum? Er schluckte schwer.

Nein. Das wird nicht passieren, du verdammter Hurensohn. Du wirst nicht entscheiden, ob Hero lebt oder Stirbt. Nein.

Arturo sah Imelda ernst und fest an.

„Ich würde sterben, bevor ich zulasse, dass Hero dasselbe passiert. Ich würde jeden umbringen, der es versucht. Sie haben mein Wort, Imelda."

Imelda musterte ihn einen Moment lang und stand dann auf. „Sie können Hero sehen. Heute Abend." Sie griff in ihre Tasche und holte ein Blatt Papier heraus. „Hier ist die Adresse. Enttäuschen Sie mich nicht, Signore Bachi."

„Ich schwöre bei Gott, das werde ich nicht. Und was noch wichtiger ist, ich werde Hero nicht enttäuschen."

Imelda erzählte Hero, dass Arturo sie um acht abholen würde. „Packe Sachen zum Übernachten. Du bleibst heute Nacht bei ihm."

Glück rauschte in Heros Herz. „Hat er das gesagt?"

„Nein, ich. Ich habe es erlaubt."

Hero grinste. „Aufschneiderin."

„Hör auf."

„Große Aufschneiderschwester."

Imelda rollte mit den Augen. „Bist du fertig?"

Hero umarmte ihre Schwester. „Ja. Danke, danke."

„Hero ... er scheint ein guter Mann zu sein, aber du kannst das am besten einschätzen. Ich habe ihm die schrecklichen Bilder von dem Mädchen gezeigt, Flavia. Er stimmt mir zu ... du bist in Gefahr. Aber genau wie du hat er keine Ahnung, wer dich im Visier hat, denn er weiß nicht, wer seine Exfreundin umgebracht hat. Er ist überzeugt, dass es derselbe Mann ist, und ich denke das auch. Also sei vorsichtig. Er hat Schutz für dich organisiert und sehr zu meinem Verärgerung auch für mich, solange ich hier bin." Ihr Mund verzog sich zu einem Lächeln. „Er ist ziemlich hartnäckig."

Hero lag an diesem Nachmittag lange in Fliss' Badewanne und wählte ihre Kleidung mit Bedacht aus. Ihr ganzer Körper kribbelte vor Vorfreude darauf, Arturo wiederzusehen, aber sie war immer noch höllisch nervös. Als er angerufen hatte, war sie hocherfreut gewesen, aber Imelda hatte ihr gesagt, sie solle ihre Aufregung flach halten und hatte darauf bestanden, sich mit Arturo zu treffen, bevor sie es Hero erlaubte. Nur ihrer frischen Beziehung zu Imelda zuliebe hatte Hero dem zuzustimmen.

Und jetzt, in ein paar Stunden, würde sie ihn sehen. Der Gedanke daran, in seine Augen zu schauen und seine Haut an ihrer zu spüren ... sie hoffte es. Himmel, wie zur Hölle sollte sie es schaffen, cool zu bleiben? Hero atmete zitternd ein, öffnete die Balkontür ihres Zimmers und starrte auf Como. Es war ein heißer Tag gewesen, aber jetzt, am späten Nachtmittag, schwand die Hitze, und Wehmut machte sich breit.

Hero glitt in ein leichtes blassrosa Baumwollkleid und bürstete ihre langen Haare. Sie grinste in sich hinein und hoffte, dass es verwuschelt wurde bevor die Nacht vorbei war. Sie schloss ihre Augen, und der Gedanke an seine Finger auf ihrem nackten Rücken ließ sie vor Erwartung zittern.

Als es acht Uhr war, konnte sie kaum noch atmen. Fliss und Imelda waren zum Essen ausgegangen. Fliss sagte, sie würde einen aus dem Team mitnehmen, und Hero war allein und lief im Apartment auf und ab, wurde immer nervöser.

Als die Sprechanlage summte, zuckte sie leicht zusammen, ihr Herz hämmerte gegen ihre Rippen. Sie hielt kurz inne, bevor sie die Tür öffnete.

Ihr erster Blick auf ihn, so gutaussehenden in dem dunkelblauen Sweater und den Jeans, ließ ihren ganzen Körper erzittern. Seine Augen verrieten seine eigene Aufregung und als er den Mund öffnete, um etwas zu sagen, konnte Hero sich nicht mehr zurückhalten. Sie warf sich in seine Arme und presste ihren Mund auf seinen. Seine Arme schlossen sich fest um sie, seine Hand lag in ihrem Nacken, als er ihren Kuss hungrig erwiderte. Heros Tränen benetzten ihre beiden Gesichter.

„Es tut mir leid. Es tut mir so leid." Arturos Stimme brach, als er Luft holte. „Himmel, ich kann dir gar nicht sagen, wie leid es mir tut, Hero, il mia, amore ... bitte verzeih mir."

„Wenn du mir verzeihst, Turo. Es tut mir so leid wegen dem Patrizzi – wegen allem." Sie weinte vor Freude, wieder in seine Armen zu sein. Arturo küsste sie erneut, bis sie keine Luft mehr bekam.

„Es gibt nichts zu verzeihen, mein süßer Liebling, nichts. Hero ..." Er nahm ihr Gesicht in seine Hände. „Ich liebe dich. Ti amo, ti amo."

„Ich liebe dich auch ... ich weiß, dass es eigentlich zu schnell ist, aber es ist mir egal. Ich liebe dich, Arturo Bachi.“

Er stöhnte und hob sie hoch. „Wir gehen zu mir, aber im Moment kann ich nicht warten. Wo ist dein Schlafzimmer?“

Sie küsste ihn, als er sie in ihr Zimmer trug, und dann zogen sie sich ungeduldig gegenseitig aus und taumelten zum Bett. Arturo ließ seine Hand zwischen ihre Beine gleiten und lächelte.

„Du bist schon nass.“

„Ich habe an dich gedacht ... daran ... den ganzen Nachmittag. Turo, warte nicht mehr. Ich will dich in ... oh!“

Grinsend stieß Arturo seinen großen Schwanz tief in sie, und Hero stöhnte vor Verlangen. Als er immer wieder zustieß, saugte er an ihren Nippeln, bis sie steinhart waren, streichelte die weiche Haut an ihrem Bauch und widmete sich jedem Teil ihres Körpers, als wäre sie das Kostbarste auf der Welt. Hero schlang ihre Beine um seine Hüften, ihre Oberschenkel lagen dich an ihm, ihre Hände waren auf seinem Gesicht, seinen Schultern, seinem Rücken, während sie sich liebten. Sie konnte nicht aufhören ihn zu berühren und als sie kamen – zusammen – klammerten sie sich aneinander, als ob die Welt versuchte, sie auseinanderzureißen.

„Lass mich nie wieder gehen“, flüsterte sie, und er nickte mit geschlossenen Augen, seine Stirn an ihre gelehnt.

„Niemals wieder ... niemals, niemals wieder ...“

Sie zogen sich an, und Arturo nahm ihre Hand, als sie zu seinem Auto gingen. „Ich habe eine Überraschung für dich.“

Ihr Gesicht war leicht gerötet vom Sex und wunderschön, ihre Haare wirr, ihre dunklen Augen strahlten ihn an, als er aus der Stadt fuhr. Anstatt nach Süden zu seinem Haus zu fahren, nahm er die nördliche Straße. Hero, deren dunkle Haare im Wind flogen, lachte. „Und die Überraschung ist ...?“

„Geduld." Er neckte sie, und sie streckte ihm die Zunge heraus. Arturo gluckste. Es hatte nur Sekunden gedauert, um wieder dort anzuknüpfen, wo sie aufgehört hatten. „Süße, ich weiß, dass wir über eine Menge reden müssen, und ich will das auch auf keinen Fall unter den Tisch kehren. Aber heute Nacht geht es nur um uns, ja? Nur um ... die Liebe?"

Hero berührte sein Gesicht. „Gern. Wir haben alle Zeit der Welt zum Reden."

Arturo fuhr die lange Auffahrt zur Villa Claudia hinauf und warte auf Heros Reaktion. Hunderttausend winzige weiße Lichter waren um die Terrasse verstreut, zusammen mit ein paar Fackeln. Unter der Pergola flackerten Kerzen auf dem Steintisch und Champagner auf Eis mit zwei Gläsern wartete auf sie.

Hero blinzelte ein paarmal und sah dann Arturo an. Er lächelte sie an. „Gefällt es dir?"

„Es ist wunderschön, Turo. Absolut überwältigend. Wow ... wow ..."

Arturo hielt das Auto an, und sie stiegen aus. Er hielt ihr seine Hand hin, und sie gingen langsam die Steinstufen zur Terrasse hoch. Arturo zeigte ihr erst das Grundstück, und dann gingen sie in das Hotel. Hero lief herum, fuhr mit den Händen über die altertümlichen Gegenstände und die Wände mit den abblätternden Tapeten. „Es ist umwerfend", begeisterte sie sich. „So charaktervoll. Ist es ein anderes Hotel?"

Arturo, der sie aufmerksam beobachtete, schüttelte seinen Kopf. „Nein, das ist mein persönliches Projekt ... und hoffentlich auch deines."

Hero sah ihn verwirrt an. „Was meinst du?"

Er deutete auf das Hotel. „Ein Zuhause. Unser Zuhause. Wenn du mir die Ehre erweist." Er trat näher zu ihr und nahm ihr Gesicht in seine Hände. „Sposami, Hero Donati. Ich liebe dich wie noch nie jemanden vor dir. Und wie nie jemanden nach dir. Heirate mich. Werde meine Frau."

Hero starrte ihn an. *Das ist zu früh. Wir kennen uns nicht. Das ist verrückt.* Alle diese Dinge wirbelten ihr durch den Kopf, aber anstatt sie laut auszusprechen, sagte sie nur ein Wort.

„Ja."

KAPITEL 17

„Verheiratet."

Hero wackelte mit dem Kopf. „So ähnlich. Ja. Und nein."

Imelda sah Fliss an, die mit den Schultern zuckte und Imeldas Wut genoss. Imelda knirschte mit den Zähnen.

„Hero Donati, bist du mit Arturo Bachi verheiratet oder nicht?"

„Nun ... ja. Doch noch nicht legal. Bis jetzt. Wir hatten unsere eigene Zeremonie letzte Nacht in unserem zukünftigen Haus. Ihr solltet es sehen, Melly und Fliss – es ist unglaublich. Es war einmal ein Hotel und ..."

„Hero, halt. Langsam." Imelda rieb sich die Schläfen. „Versuchst du mir zu sagen, dass Arturo dir einen Antrag gemacht hat, du ja gesagt hast, und die Hochzeit gefakt war?"

Hero seufzte. „Ja, ja und es war nicht fake. Für uns war es real. Soweit es uns betrifft, sind wir verheiratet, aber wir warten noch eine Weile, bis wir es offiziell machen. Damit wir, du weißt schon ... uns kennenlernen können."

„Gut gemacht Mädchen." Fliss sah beeindruckt aus, aber Imelda schüttelte ihren Kopf.

„Du stolperst von einer Katastrophe in die nächste, nicht wahr?" Imelda hatte ganz klar genug. „Ich schwöre, du wirst mit jedem Tag verrückter. Habt ihr zumindest über ein paar der Probleme gesprochen, die ihr habt? Oder die Tatsache, dass ein Verrückter, der schon einmal gemordet hat, dich jetzt im Visier hat? Wegen deiner Beziehung – entschuldige, Ehe mit Arturo Bachi? Glaubst du, das verschwindet alles einfach so auf magische Weise, nur weil du flachgelegt wurdest und albern warst?"

„Wow." Heros Lächeln verschwand. „Melly, glaubst du, du redest mit einer Dreijährigen? Glaubst du wirklich, wir haben nicht die ganze Nacht lang geredet? Zwischen dem Ficken und den Albernheiten natürlich. Warum glaubst du, dass wir warten? Okay, wir nennen uns jetzt Mann und Frau, aber wir kennen den Berg, den wir erklimmen müssen. Ich habe ihn schon ein paar Mal im Leben erklommen, falls du dich erinnerst. Wir wissen es, Melly. Aber wir werden nicht zulassen, dass es uns daran hindert, unser Leben zu leben."

„Du glaubst vielleicht, dass Liebe alles überwindet. Ich bin sicher, dass Flavia auch so gedacht hat, bevor ein Irrer ihr ein Messer in den Bauch gerammt hat. Da ist jemand dort draußen, der dasselbe mit dir machen will, Hero. Hast du das vergessen?"

„Natürlich habe ich das verdammt nochmal nicht vergessen!" Hero explodierte, hatte genug von dem Geschwätz ihrer Schwester. „Ich bin es, die er umbringen will! Meinst du nicht, dass ich mir dessen jede Sekunde bewusst bin? Ich könnte jederzeit umgebracht werden und habe keine Ahnung warum. Es könnte heute passieren, morgen oder in fünf Jahren. Soll ich mein Leben solange auf Eis legen? Das hier tut mir gut, Melly. Kannst du das nicht sehen? Ich liebe ihn."

Imelda starrte sie lange an, bevor sie aus dem Raum stolzierte. Hero und Fliss starrten sich gegenseitig ein paar Sekunden lang an, dann hörten sie Imelda zurückkommen. Sie hatte ihre Tasche dabei. Sie sah Hero nicht an.

„Felicity, danke, dass ich hier sein durfte. Du warst eine wundervolle Gastgeberin."

Fliss nickte, ihre Augen waren groß, sie wollte nicht zwischen die Schwestern geraten. Hero wurde blass, sah ihre Schwester an. „Wo gehst du hin?"

„Zurück in die Staaten. Ich werde hier offenbar nicht gebraucht."

„MEL..."

Aber Imelda war weg. Das Apartment war leise. Fliss legte ihren Arm um Hero. „Tut mir leid, Süße. Ich muss sagen, dass ich mich wahnsinnig für dich freue."

Hero lächelte sie an, Tränen schwammen in ihren Augen. „Tust du das?"

„Himmel, ja! Ich finde Romantik toll. Aber auf der anderen Seite bin ich jung und unverantwortlich. Und es scheint mir, Hero, nach allem, was du durch hast – bist du jetzt jung und unverantwortlich und lebst deinen Traum. Und Arturo Bachi ... das hast du richtig gemacht, Mädchen. Kann ich dich etwas Persönliches fragen?"

Fliss hatte einen solchen diebischen Ausdruck im Gesicht, dass Hero einfach nicken musste. „Ist er groß? Ich meine, er sieht aus, als würde er riesig sein. Gib mir ein paar Details."

Hero wurde rot, lachte aber. „Arturo ist dort sehr gesegnet."

„Länge oder Breite?"

„Fliss!" Aber Hero grinste. „Beides."

„Du Glückliche."

„Oh, ich weiß. Und er hat das Stehvermögen eines Zwanzigjährigen."

Fliss stöhnte. „Und die Erfahrung eines vierzigjährigen. Oh, verdammt sollst du sein Hero Donati, du hast den Jackpot erwischt. Und sein Gesicht erst."

„Ja. Siehst du dieses Gesicht?" Hero, angefeuert von Fliss, deutete auf ihr Lächeln. „Selbstgefällig."

„Selbstgefällige Selbstgefälligkeit."

„Genau." Hero sah auf ihre Uhr. „Also, er kommt in einer halben Stunde, um mich abzuholen. Willst du meinen Ehemann offiziell kennenlernen?"

ARTUROS LÄCHELN WAR NICHT VON SEINEM GESICHT GEWICHEN, SEIT Hero ja gesagt hatte, bis jetzt, wo er es Peter erzählte. Peter seufzte lächelnd und schüttelte den Kopf. „Ich hätte es wissen sollen. Ihr seid beide so ungeduldig, ihr verdient euch gegenseitig. Gratuliere, mein Freund. Habt ihr alles zwischen euch geklärt?"

„Das Apartment ist unwichtig. Ich hätte von Anfang an niemals so besessen deswegen sein sollen. Es ist nur Stein und Mörtel."

Peter runzelte die Stirn. „Nein, es war dein Traum, Turo. Dein Geschäft. Aber das spielt jetzt sowieso keine Rolle mehr. Hast du ihr den Namen des neuen Hotels verraten?"

„Nein, das ist eine Überraschung für ein anderes Mal. Ich habe sie zur Villa Claudia gebracht."

„Marcella hat mir das erzählt. Sie sagte, sie hätte noch niemals so viele Weihnachtslichter aufgehängt."

Arturo lachte. „Marcie ist ein Wunder. Sie wird meine Dankbarkeit auf ihrer Gehaltsabrechnung sehen. Es sah toll aus, und die ganze Nacht war ... unvergesslich."

PETER LÄCHELTE. „ICH HABE DICH NOCH NIEMALS SO VERNARRT gesehen. Nicht einmal mit Flavia."

Arturo sah lange auf seinen Kaffee. „Falls das möglich ist, liebe ich Hero sogar noch mehr. Sie könnten vom Aussehen her Schwestern sein, aber sie sind charakterlich unendlich weit voneinander entfernt. Hero ist albern und lustig, Flavia war ernster und ..." Er brach ab.

„Selbstverliebt." Peters Stimme war hart. „Zeit für die Wahrheit über Flavia, Arturo. Wir wissen bereits, dass sie dich betrogen hat."

Arturo nickte, akzeptierte zögernd, was er in seinen Erinnerungen immer beiseitegeschoben hatte. „Flav hat ihr Aussehen benutzt, um zu bekommen, was sie wollte. Hero ist nicht so. Nicht einmal ein bisschen. Sie benutzt Menschen nicht."

Peter musterte seinen Freund. „Aber Flavs Mörder hat sich jetzt Hero als Ziel ausgesucht. Was mich dazu bringt zu fragen ... warum hat er sie nicht im Patrizzi umgebracht? Er war allein mit ihr gewesen, und Jesus, das Mädchen ist winzig."

„Ich weiß es nicht. Es sei denn ..."

„Was?"

„Nein. Egal." Arturo seufzte. „Ich muss sie abholen ... sie wird, sobald sie dazu bereit ist, bei mir einziehen. Und ich hoffe, dass es heute ist, aber ich versuche mich zurückzuhalten."

Peter lächelte nicht. „Sicher, das kann man wohl behaupten bei der ganzen Mann und Frau Sache."

„Inoffiziell." Aber Arturo grinste. „Ich kann es kaum erwarten, bis wir es offiziell machen."

„Turo."

Arturo zuckte mit den Schultern. „Ich bin verliebt, Bruder. Ich werde mich dafür nicht entschuldigen."

. . .

HERO STOPFTE GERADE IHRE LETZTEN SACHEN IN IHREN KOFFER, während Fliss schmollend auf dem Gästebett saß. „Ich werde dich hier vermissen."

„ICH BIN JA NICHT WEIT WEG, UND ICH WERDE DIR WEITERHIN IM LADEN helfen. Wenn Arturo glaubt, dass ich Hausfrau spiele, dann wird er sich aber wundern. Und hey, wenn wir mit der Villa Claudia anfangen, dann brauche ich deine künstlerischen Talente."

Ihr Handy klingelte, und Fliss sprang vom Bett. „Ich lasse dich allein."

Hero lächelte, als sie abhob, schaute nicht einmal, wer anrief.

„Hallo?"

„Hero Donati?"

„Das bin ich."

Ein dunkles Glucksen. Sofort sträubten sich Heros Haare. „Kann ich Ihnen helfen?"

„Ob du mir helfen kannst? Wir werden sehen meine Schöne."

Sie runzelte die Stirn, sie konnte die Stimme und den Akzent niemanden zuordnen. Irgendwie war sie verzerrt.

„Wer sind Sie?"

Erneutes Lachen. „Dein Mörder, Hero. Die Person, die dich ausweiden wird."

Ihr Blut gefror in ihren Adern. „Warum tun Sie das?"

„Tue was? Dich anrufen? Ich wollte deine liebliche Stimme hören. Und ich wollte dir ein paar exquisite Details erzählen, darüber, wie ich dein Leben beenden werde. Ich freue mich so sehr darauf."

Hero wurde wütend. „Sie verdammter Hurensohn! Glauben Sie wirklich, dass ich mich zurücklehnen werde und -"

„Halt dein verdammtes Maul, du Hure!" Der plötzliche Wechsel von einem Flüstern zu dem wütenden Aufschrei, ließ Hero verstummen. Sie zitterte. Sie überprüfte die Nummer des Anrufers. Blockiert. Natürlich.

„Schauen Sie, ich weiß nicht, warum Sie sich dazu entschlossen haben, mich auszusuchen. Ich kenne nicht viele Leute hier, und ich glaube nicht, dass ich irgendetwas mit Ihnen zu tun habe, wer auch immer Sie sind. Sie sollten sich darüber im Klaren sein, dass ich Schutz habe."

„Oh, das weiß ich. Es wird aber nicht ausreichen, um mich zu stoppen. Ich werde dich langsam ausweiden, meine Schöne; es wird viel langsamer sein, als es bei Flavia war. Du wirst mich anflehen dich zu töten, denn die Schmerzen werden unerträglich sein, aber ich werde zuschauen, wie du verblutest, und ich werde jede Sekunde genießen."

Hero biss die Zähne zusammen. „Dann komm ruhig, Kumpel. Wer sagt denn, dass ich dich nicht zuerst umbringe?"

Sie legte auf und warf das Handy fast durch den Raum, bremste sich aber.

Nein. Beruhige dich. Das ist es, was er will.

Stattdessen warf sie einen Blick auf die Uhr. Arturo würde jeden Augenblick hier sein. Sie holte tief Luft und schnappte ihre Sachen.

Fliss wartete im Wohnzimmer mit zwei Gläsern Sekt. „Nur um auf unsere kurze Zeit als Zimmergenossen anzustoßen."

Hero umarmte sie. „Du bist eine wirkliche Freundin, Fliss. Ich werde dem Umzugstrupp sagen, dass sie meine restlichen Sachen holen sollen, sobald ich dazu komme."

„Kein Problem. Vergiss mich einfach nicht."

„Das wird niemals passieren."

Er grinste in sich hinein, als er hörte, wie sie auflegte. Das sollte ihren Abend mit dem Bastard ruinieren. Gott, er konnte es kaum noch erwarten sie auszuhöhlen, aber das ... die Vorfreude war zu süß. Er konnte sie ja nicht zweimal töten, auch wenn sie Flavia so ähnlich war, dass es ihm vorkommen würde, als ob er diese glorreiche Nacht noch einmal erlebte.

Es war schade gewesen, dass Flavia so schnell gestorben war. Weil die Party nur ein paar Meter weit weg war, hatte er sie schnell und brutal erstechen müssen, bevor sie schreien konnte oder jemand zu nah kam. Hero Donati würde viel länger leiden. Er würde das Messer in sie gleiten lassen und es in ihr lassen, während sie langsam verblutete. Wenn sie dann dem Tod nah sein würde, würde er ihr ein Ende bereiten, schnell und oft auf sie einstechen. Sie abschlachten. Und dann würde er Arturo erlauben, ihren Körper zu finden, und ihn wissen lassen, dass er verloren hatte. Wieder einmal.

Flavias Tod hatte ihn fast wahnsinnig gemacht, Heros Mord würde ihn komplett zerstören.

Er konnte es nicht mehr erwarten.

KAPITEL 18

*H*ero erzählte Arturo von dem Anruf. „Ich will dir nicht den Abend verderben, aber wir haben uns geeinigt. Keine Geheimnisse mehr."

Arturo war wütend. „Figlia di puttana!" Er zog sie in seine Arme."Du bist in Sicherheit. Ich werde es nicht zulassen, dass er dir noch einmal weh tut, Hero, das schwöre ich."

„Das weiß ich." Hero küsste ihn. „Aber Arturo, ich denke, wir sollten alles Mögliche unternehmen, um dieses Arschloch zu finden. Wir können nicht einfach abwarten."

„Nun, wir versuchen alles. Es ist ja nicht so, als ob wir uns keine Sicherheitsmannschaft leisten können, aber ich will nicht ständig über meine Schulter schauen müssen. Verdammt."

Arturo lächelte sie an. „Ich liebe deinen vorlauten Mund."

„Der wird bald um deinen Schwanz geschlossen sein, wenn du so weitermachst."

„Ich werde dich an dein Versprechen erinnern, Bella."

Sie küsste ihn, bis sie beide nach Luft schnappten. „Lass uns nach Hause gehen, Baby, und uns dumm und dämlich ficken. Morgen ist noch genug Zeit, um Supercop zu spielen."

Arturo stöhnte, als er hinter das Lenkrad des Autos glitt. „Was machst du mit mir, Hero Donati ..."

Sie grinste ihn an. „Fahr schneller, Bachi."

„Okay." Hero stellte ihren Laptop am nächsten Morgen vor Arturo auf den Tisch. „Meine beste Chance, um Hilfe zu bekommen, ist das amerikanische Konsulat. Wenn wir die Berichte von meinem Angriff und den Zeitpunkt, an dem ich mich an sie gewendet habe, von der Polizei in Como bekommen, dann haben wir alles, was wir brauchen."

Arturo nickte. „Gut. Was wird das Konsulat unternehmen?"

„Nun, wir werden weiterhin eigene Nachforschungen betreiben, das werden sie uns nicht abnehmen. Aber wir bekommen wahrscheinlich mehr Informationen, zu denen wir sonst keinen Zugang hätten. Ich denke Folgendes. Das nächste Konsulat ist in Milan. Wir gehen dorthin, erzählen denen unsere Geschichte und fragen, wie sie uns helfen können. Dann erzählen wir der lokalen Polizei, dass das Konsulat über unseren Fall Bescheid weiß. Das wird eventuell dafür sorgen, dass sie den Fall etwas ernster nehmen."

„Einverstanden. Ich denke, wir sollten auch meinen Onkel besuchen. Erstens weil er krank ist, und ich würde dich ihm gern vorstellen bevor ... nun, du weißt schon. Er ist auch ein bisschen seltsam ... aber er ist wirklich gut darin, sich nicht von Emotionen leiten zu lassen. Ein bisschen zu gut. Wenn er einen Blick auf die Einzelheiten wirft, dann sieht er eventuell etwas, was wir nicht sehen."

„Zum Beispiel?"

Arturo zögerte. „Vielleicht jemanden, der für uns arbeitet und eventuell tiefer drinsteckt, als uns das lieb ist."

Heros Augen wurden groß, und sie ließ sich in den Sessel neben ihm fallen. „Turo ... du meinst doch sicherlich nicht Peter?"

„Ich hoffe nicht. Himmel, ich hoffe es nicht, aber in letzter Zeit stößt er mir etwas sauer auf. Es ist vielleicht nichts, und ich hoffe bei Gott, dass es nichts ist, aber ich denke immer wieder an die Nacht zurück, in der Flavia ermordet wurde. Als ich zur Party kam, war Peter schon gegangen. George war noch dort, er war derjenige, der mir erzählt hat, dass Flavia verschwunden ist."

„Hat sich Peter aggressiv gegenüber Flavia verhalten?"

Arturo lächelte leicht. „Peter war noch niemals irgendjemandem gegenüber aggressiv, soweit ich weiß."

Hero schüttelte ihren Kopf. „Ich weiß nicht, woher das kommt. Ich kenne Peter nicht so gut wie du, aber Turo, er ist außer mir derjenige, dem du am meisten vertraust."

Er sah sie lange an. „Du hast recht. Ich bin wahrscheinlich paranoid."

Hero lächelte ihn an. „Das denke ich auch, Baby. Lass uns nicht jemanden verdächtigen, von dem wir wissen, dass er auf unserer Seite steht."

Aber Arturo war nicht überzeugt. Als er seinen Freund später im Büro traf, verhielt sich Peter ihm gegenüber kühl, und Arturo fragte ihn schließlich direkt. „Was ist los mit dir, Pete? Habe ich dich irgendwie beleidigt?"

Peter seufzte. „Nein, Turo. Nein, es ist nur ... ich bin wachsam. Du erzählst mir, dass Hero Drohungen bekommt und dass sie in Lebensgefahr schwebt, und ich bin einfach besorgt, dass wenn ihr etwas passiert, du es wahrscheinlich nicht überleben würdest. Und wenn du es nicht überlebst, dann ich auch nicht. Du bist mein Bruder, Turo, meine Familie. Ich war dabei, als du das letzte Mal schon kurz davor warst, deinen Lebenswillen zu verlieren. Es war ... schrecklich. Ich will nicht, dass du das noch einmal durchmachen musst. Und Himmel, ich will es auch nicht noch einmal durchmachen. Einmal war genug für fünf Leben."

Arturo fühlte sich schuldig. „Hero wird nichts passieren, Peter. Wir kümmern uns darum, beide, und wir könnten deine Hilfe gebrauchen.

Wir werden herausfinden, wer Flavia umgebracht hat und wer Hero bedroht und warum."

„Du bist angreifbar, Turo", stellte Peter fest. „Ich mache mir Sorgen um dich. Ich mache mir Sorgen, dass, wer auch immer es ist, dich im Auge hat, besonders jetzt, da dein Onkel im Sterben liegt. Denk an die Klausel in dem Testament deines Vaters ... Arturo, wenn Hero etwas zustößt und du verhaftet wirst, dann verlierst du alles. Alles."

Arturo nickte. „Ich weiß. Pete, glaub mir, wenn ich dir sage, dass es für mich ohne Hero keine Bedeutung mehr für mich hat. Es interessiert mich schlicht nicht."

„Was alles sehr nobel und romantisch ist, aber das hier ist die reale Welt."

Arturo seufzte. „Peter, auch ohne die Firma und das Vermögen meines Vaters habe ich mehr Geld, als ich brauche."

„Eine Menge davon ist fest angelegt, Turo. Das Bargeld, das du hast, ist wesentlich weniger als die Zahlen es zeigen."

Arturo zuckte mit den Schultern. „Das überlasse ich dir, Peter. Wenn ich alles verlieren, dann habe ich immer noch alles, wenn Hero nur bei mir und in Sicherheit ist." Er musterte seinen Freund. „Da ist noch etwas anders, nicht wahr? Magst du Hero nicht?"

Peter zögerte. „Ich will es nicht immer wieder erwähnen, aber sie sieht Flavia so ähnlich. Ich ... sehe förmlich, dass Hero genauso wie Flavia endet."

Arturo zuckte zusammen. „Glaub mir, Pete, ich sehe diese Bilder jeden Tag. Jeden Tag. Aber Hero ist eine Kämpferin. Sie wird sich nicht einfach ergeben. Wirst du uns helfen?"

„Natürlich. *Natürlich.* Und ich mag Hero. Ich mag sie sogar sehr. Ich habe einfach nur das Gefühl, dass ihr zwei aneinander gekettet seid und wenn sie untergeht, dann wird es auch dein Ende sein."

„Dann werden wir nicht untergehen, Pete. Ganz einfach."

„Ich hoffe, du hast Recht, Turo", sagte Peter leise. „Das hoffe ich wirklich."

Hero versuchte es erneut unter Imeldas Nummer und erreichte nur ihren Anrufbeantworter ... wieder. Sie hasste es, wie es mit ihrer Schwester gelaufen war, besonders nachdem sie einen Neuanfang gemacht hatten. Hero rieb über ihr Gesicht und legte auf, ohne eine Nachricht zu hinterlassen. Stattdessen rief sie ihre Mutter in Kenosha an.

„Liebling, wie schön deine Stimme zu hören." Deidre Donatis Stimme brachte Hero fast zum Weinen. „Wie geht es dir?"

„Mir geht es gut, Mama, wirklich gut. Und dir? Wie geht es Dad?"

„Deinem Dad geht es jetzt hervorragend, Liebling. Er schmollt nur, weil ich ihn kein gebratenes Huhn mehr essen lasse." Ihre Mutter lachte, und Hero verspürte Zärtlichkeit und Traurigkeit.

„Ich vermisse dich, Mama."

„Wir beide vermissen dich schrecklich, Hero, mein Liebling, aber wie ich gehört habe, gibt es einen neuen Mann in deinem Leben?"

Hero erzählte ihr von Arturo und schickte ihr ein Bild. „Oh", sagte Deidre glucksend. „Ich werde ihn dir eventuell abspenstig machen, Hero. Was für ein hübscher Junge."

Hero lachte lauthals. „Du bist unverbesserlich Mama. Ich kann es nicht erwarten, dass du ihn kennenlernst." Ihr Lächeln verblasste. „Mama, hast du etwas von Melly gehört?"

Ihre Mutter seufzte. „Nein, Liebling, tut mir leid. Du weißt, wie Melly ist, wenn ihr etwas gegen den Strich geht. Vom Erdboden verschwunden. Sie hat mich vom Flughafen in Milan angerufen, aber seitdem ... nichts. Ich gebe dem Ganzen noch ein paar Tage und tue dann, was Mütter tun – sie anschreien."

„Schrei nicht zu heftig, Mama. Es ist meine Schuld. Sie hat sich nur im mich gesorgt." Hero war wieder den Tränen nahe. Sie hatte ihrer Mutter nicht von den Todesdrohungen erzählt, besonders nicht nach der Krankheit von ihrem Vater. Es gab keinen Grund, den Rest der Familie in Panik zu versetzen. „Sag ihr, dass ich sie liebe. Ich liebe sie, und es tut mir leid."

„Das werde ich, Süße. Wir lieben dich, Hero. Denk immer daran."

„Ich liebe euch auch, Mama. Gib Dad einen Kuss von mir."

NACHDEM SIE AUFGELEGT HATTE, WAR HERO EIN BISSCHEN POSITIVER gestimmt. Sie suchte ihren Bodyguard und fand ihn in der Küche, wo er Kaffee trank. Gaudio war ein riesiger Italiener, seine dunklen Haare waren zurückgekämmt, seine Brauen schwer und düster. Er sah beängstigend aus, aber Hero hatte den Mann in dem Moment in ihr Herz geschlossen, als Arturo ihn ihr vorgestellt hatte. Gaudio sah vielleicht für jemanden, der sie angreifen wollte, beängstigend aus, aber Arturo vertraute ihm, also hatte Hero keinen Zweifel, dass Gaudio sie beschützen würde.

SIE HATTE AUCH EINEN PLAN AUSGEBRÜTET, DER SICH MILLIONEN Meilen entfernt von ihrem Stalker befand.

„Gaudio, ich würde heute gern in die Stadt gehen – meine Freundin Fliss besuchen. Können wir das einrichten?"

„Kein Problem, Piccolo."

Hero lächelte. Sie liebte Gaudios informelle Art. Das machte es für sie um vieles leichter, einen Wachmann zu haben.

Sie fuhren am späten Morgen nach Como. Es war ein wolkenloser Tag, und Hero genoss die Sonne auf der Haut. *So viel Dunkelheit,* dachte sie, *und doch ist dieser Ort so schön, so voller Möglichkeiten.*

Fliss warf ihre Arme um sie. „Es ist zwei ganze Wochen her", schmollte sie die grinsende Hero an. „Bitte sag mir zumindest, dass du die ganze Zeit mit deinem umwerfenden Mann im Bett verbracht hast?"

„Um ... Fliss, das ist Gaudio. Gaudio, meine gute Freundin Fliss."

Fliss musterte den riesigen Mann von oben bis unten. „Ich werde mir wohl einen Stalker zulegen müssen, wenn das bedeutet, dass ich auch so einen bekomme. Hallo."

Gaudios weiße Zähne schienen durch seinen dichten Bart. „Hallo, Ma'am."

„Himmel, nein, ich bin Fliss. Ma'am ist meine Mutter. Oder die Königin." Sie zwinkerte Hero zu.

„Wie wäre es, wenn ihr zwei euch unterhaltet und ich Kaffee aufsetze?", sagte Hero.

Lächelnd ließ sie die beiden allein und ging zur Kaffeemaschine, mit einem Ohr blieb sie bei der Unterhaltung. Sie hatte letzte Nacht die Idee gehabt: Gaudio und Fliss hatten denselben albernen Humor. Sie hatte es Arturo gegenüber erwähnt, der mit den Augen gerollt hatte.

„Verkuppeln?"

„Himmel, ja."

Jetzt wartete sie darauf, dass der Kaffee durchlief. Sie bemerkte einen Umschlag mit ihrem Namen darauf, der auf dem Tisch zusammen mit ihrer anderen Post lag. Ihr Magen verknotete sich leicht. Ihr Name war sauber auf ein teuer aussehendes Papier gedruckt. Sie nahm ihn mit spitzen Fingern hoch und öffnete ihn vorsichtig mit einer Serviette, als ihre Neugier siegte. Ihr Schultern sanken erleichtert herab. Eine Einladung, gedruckt auf schwerem Papier.

Miss Hero Donati plus ein Gast ihrer Wahl ist eingeladen zur Sommerparty in der Villa Charlotte als Ehrengast von Signore George Galiano.

RSVP.

. . .

'GAST IHRER WAHL.' ER MEINTE ARTURO. "GEORGE, DU BIST EIN ARSCH", sagte sie leise zu sich selbst. Sie warf die Karte auf den Tisch zurück und änderte dann ihre Meinung. Vielleicht würde Arturo das Ganze witzig finden. Sie steckte die Karte in ihre Handtasche und brachte dann den Kaffee zu ihren Freunden.

Sie zwinkerte Fliss zu. „Also geht ihr zwei jetzt zusammen aus oder was?"

„Du bist so einfühlsam wie ein Vorschlaghammer", sagte Fliss nicht ein bisschen geniert. "Aus reinem Zufall mögen Gee und ich dieselben Filme."

'Schon Gee'? Hero grinste ihren Bodyguard an und wollte gerade etwas sagen, als das Fenster hinter ihr explodierte und die Hölle losbrach.

KAPITEL 19

rturo fuhr wie ein Verrückter nach Como, sah die schockiert aussehende Menschenmenge und die Polizei, den Krankenwagen. „Mio Dio ...“

Er parkte das Auto so nah es ging am Laden und rannte den restlichen Weg. Da war eine Absperrung von der Polizei, aber er ignorierte sie, schlüpfte darunter hindurch. Er konnte Gaudio sehen, Fliss und – Gott sein Dank – Hero, die dastanden und mit der Polizei redeten. Sie sah ihn, eilte zu ihm, und er schlang seine Arme um sie. „Geht es dir gut? Cara mia, bist du verletzt?“ Er stellte diese Frage immer wieder zwischen verzweifelten Küssen.

„Total in Ordnung“, versicherte sie ihm. „Nur erschrocken. Wir sind alle okay.“ Sie sah zu ihm auf. „Es war eine kaputte Gasleitung, nichts weiter. Das Restaurant auf der andere Straßenseite ist ziemlich verwüstet und ein paar Menschen sind verletzt, aber niemand wurde getötet.“

„Mio Dio, mio Dio ... als ich es gehört habe, dachte ich ...“

„Ja, ich auch“, gab sie zu. „Ich dachte, das war es. Aber ich bin noch hier. Gaudio hat sich schützend über Fliss und mich geworfenen. Er hat ein paar Schnittverletzungen von dem Glas der Fensterscheibe, aber er ist ein tapferer Junge und lässt sich nichts anmerken."

Er wusste, dass sie scherzte, damit er sich entspannte, und er lächelte sie an. „Ich liebe dich. Lass mich Gaudio danken."

Sie fanden den großen Mann umgeben von Rettungssanitätern, die seine Wunden versorgten und die sie wie Fliegen beiseite scheuchten.

Arturo ergriff die unverletzte Hand des Bodyguards und drückte sie fest. „Grazie, Gaudio. Ich stehe tief in deiner Schuld."

„Ich tue nur meinen Job, Boss." Gaudio zwinkerte und grinste Fliss an, die ihn spielerisch schlug.

„Die Dinge, die du bereit bist zu tun, um mich zu begrapschen. Komm Gee, lass uns den Schaden anschauen."

Gaudio sah Arturo an, der ihm zunickte.

Hero lächelte zu ihm auf. „Danke, dass du so schnell gekommen bist."

„Ich glaube, ich habe sämtliche Verkehrsregeln gebrochen, aber das tue ich jederzeit gern wieder."

Hero drückte ihre Lippen auf seine. „Musst du wieder zurück zur Arbeit gehen?"

„Bist du heiß?"

„Das ganze Adrenalin."

Arturo lachte. „Ich glaube, ich bin mit einer Nymphomanin verheiratet."

Hero kicherte. „Du hast mich zu einer gemacht, Bachi."

Arturo grinste und nahm ihre Hand. „Komm. Ich habe einen Plan."

Das Auto erklomm den Berg, bis sie ein kleines Plateau erreicht hatten. „Nicht viele Menschen kommen hierher", sagte Arturo. „Wir sollten hier also ganz ungestört sein."

Es war kühler – viel kühler – in den Bergen, aber Hero störte das nicht. Sie schnallte sich ab und setzte sich rittlings auf Arturo. „Wie Teenager im Auto", murmelte sie mit ihren Lippen an seinen.

„Wir werden so viel mehr als Teenager tun, cara mia, glaub mir ..."

Er glitt mit seinen Händen unter ihr Shirt, seine grünen Augen voller Feuer. „Magst du dieses Shirt, bella?"

Hero schüttelte ihren Kopf. „Nicht wirklich."

„Gut."

Er zerriss das Shirt, und die kalte Luft ließ Hero aufkeuchen. Arturo zog die Spitze ihres BHs nach unten und nahm ihren Nippel in seinen Mund, saugte hungrig daran.

Hero rieb sich an seinem Geschlecht, öffnete dann seinen Reißverschluss und griff in seine Hose, um seinen Schwanz herauszuholen, streichelte ihn während Arturo den anderen Nippel bearbeitete. Hero schob ihr Unterhöschen zur Seite und spießte sich selbst auf seinen Schwanz auf, seufzte, als die dicke Länge in sie eindrang.

„Mio Dio, Hero ..." Arturo stöhnte, als sie anfing, sich auf ihm zu bewegen. Die Enge im Auto machte ihren Liebesakt noch intimer, Haut an Haut, ihre Blicke ruhten aufeinander und ihr Atem vermischte sich, als sie sich küssten.

„Ich liebe dich", flüsterte Hero. „Ich habe noch niemals einen Mann so sehr geliebt wie dich, Arturo Bachi."

Er schloss seine Augen, nickte, war ihr vollkommen ergeben. „Genau wie ich dich liebe, mein süßer Liebling. Bitte ... verlass mich nie ... versprich es mir, versprich es mir."

„Ich verspreche es ..." Hero schaffte es gerade noch die Worte auszustoßen, bevor ihr Orgasmus ihr den Atem raubte und ihr Kopf zurückfiel, als sie nach Luft schnappte. Arturo küsste ihre Kehle und stöhnte, als er selbst kam und dicken, cremigen Samen in sie pumpte.

. . .

„HERO ... HERO ...“

Auf der Fahrt zurück zu Arturos Haus scherzten sie miteinander, neckten sich, tauschten verstohlene Lächeln und wissende Blicke. Arturo hob ihre Hand an seine Lippen. „Ist es falsch, dass ich irgendwie hoffe, dass wir ein Baby gemacht haben?“

Hero war schockiert darüber, dass sie keine Angst verspürte, als er das sagte. Nicht einmal die Erinnerung an Beth änderte den Frieden, den sie gerade fühlte. Sie würde ihr kleines Mädchen immer lieben, aber das bedeutete nicht, dass sie ein anderes Baby nicht genauso lieben konnte. „Nein, denn das würde mir auch gefallen.“

Wenn sie einmal kurz innehalten und darüber nachdenken würde, wie sehr sich ihr Leben in den letzten paar Wochen geändert hatte, dann würde es ihr Angst machen, aber alles, was sie wusste, war, dass dieser Mann hier ihre Zukunft war, und wenn sie schwanger werden würden, dann würde das diese Verbindung nur noch festigen.

ALS SIE JEDOCH ZURÜCK ZUR VILLA BACHI KAMEN, ÄNDERTE SICH ALLES. Peter und ein Mann, den sie nicht kannten, warteten auf sie. Peter stellte sie einander vor.

„Turo, Hero, das ist Simon Lascelles. Er ist von dem amerikanischen Konsulat in Milan. Mr. Lascelles, Arturo Bachi und Hero Donati. Ich denke, wir gehen besser hinein.“

Hero warf Arturo einen besorgten Blick zu, der ihre Hand drückte und nickte. „Lass uns gehen.“

Drinnen setzten sich alle hin. „Miss Donati, ich weiß, dass Sie uns vor ein paar Tagen kontaktiert haben wegen den Morddrohungen. Als wir uns näher damit beschäftigt haben, haben wir etwas ziemlich verstörendes herausgefunden.“

Heros Brust wurde eng. „Was ist es?“

„Sie waren so freundlich uns ihre Familiendetails zu geben und deshalb haben wir diese Personen rein routinemäßig überprüft.“

„Oh, Gott. Mama ... Papa ...“

„Die sind okay“, versicherte ihr Lascelle schnell. „Es ist Ihre Adoptivschwester. Sie haben uns gesagt, dass sie Milan verlassen hat und nach Hause geflogen ist?“

Hero konnte nicht sprechen. „Oh Gott.“

Lascelles nickte. „Ich befürchte, wir müssen es bestätigen. Miss Imelda Donati hat diesen Flug niemals angetreten. Sie hat Italien niemals verlassen.“

Arturo sprach mit Lascelles und Peter, als sie gingen, aber Hero hörte nichts mehr. Sie ließ ihren Kopf in ihre Hände fallen. Warum? Warum Imelda?

Ihr Handy klingelte, und sie wusste sofort, wer es war. „Wo zur Hölle ist meine Schwester?“

Ihr Peiniger lachte. „In Sicherheit. Im Moment. Sie wird wieder frei sein, sobald mein Messer in dir steckt.“

„Warum tust du das? Was habe ich dir jemals getan?“ Ihre Stimme war nur ein Flüstern, der Schmerz, dass er ihre Schwester hatte, überwältigte sie.

Es gab eine lange Pause und als er wieder sprach, klang er so hasserfüllt, dass sie erschauderte. „Weil du ihn liebst ...“

Dann war die Leitung tot.

Als Arturo zurück ins Zimmer kam, sah er ihren niedergeschlagenen Blick, das Handy auf dem Boden.

127

Hero sah zu ihm auf, die Qual in ihren Augen war offensichtlich und ihm tat die Brust weh.

„Il mia amore, was ist los?" Aber sie schüttelte nur ihren Kopf, unfähig zu sprechen.

Er setzte sich neben sie und nahm sie in die Arme, fühlte wie sie zitterte. „Er hat dich wieder angerufen, nicht wahr?"

„Er hat Imelda", flüsterte sie an seiner Brust. „Er sagt, er lässt sie frei, wenn ich tot bin. Er wird sie nicht freilassen. Er wird sie auch töten."

„Er wird niemanden umbringen." Arturo hatte einen mörderischen Zorn. „Wir werden herausfinden, wer dieser Hurensohn ist und ihn erledigen, ein für allemal."

Hero sah zu ihm auf und nickte. „Das tun wir. Irgendeine Ahnung wie?"

Arturo fühlte, wie sich Hoffnungslosigkeit in seinem Körper ausbreitete. „Nein. Aber wir werden einen Weg finden." Er strich ihr die Haare aus dem Gesicht. „Versprich mir nur, dass du nicht aufgibst."

„Versprochen. Wir werden irgendwann glücklich sein, Turo."

„Ja, das werden wir. Ich will verdammt sein, wenn nicht."

„Und wir werden meine Schwester gesund und munter zurückholen?"

Der hoffnungsvolle, vertrauensselige Blick, den sie ihm schenkte, ließ Arturo schmelzen, und er zog sie an sich und küsste sie. „Ja, versprochen, cara mia. Wir werden vor nichts halt machen, um ihre Sicherheit zu garantieren. Und deine."

Egal wie viel Geld Arturo für Detektive ausgab oder der lokalen Polizei oder dem Konsulat im Nacken saß, niemand konnte ihm etwas sagen.

An einem Nachtmittag saßen sie in seinem Büro, Notepads vor sich und starrten sich an.

„Ich weiß, dass die Polizei jeden durchgegangen ist, der irgendwie wütend auf uns sein könnte, aber ich bin der Meinung, wir sollten es noch einmal tun. Alle. Exfreundinnen und Freunde, One-Night-Stands, alte Schulfreunde oder -feinde. Wenn es nur ein zufälliger Psychopath ist, dann können wir nicht viel tun."

Hero nickte. Die Anspannung über das Wissen, dass ihre Schwester dort draußen war und litt und sich in schrecklicher Gefahr befand, hatte an ihr gezehrt und jetzt sah Arturo die dunklen Schatten unter ihren Augen. Es war eine Woche her, seit sie von Imeldas Entführung erfahren hatten, und es gab keine Hinweise. Niemand hatte sie gesehen; es war, als hätte sie sich in Luft aufgelöst. „Okay, wir kramen in der Vergangenheit. Schultage."

„Schultage ... wenn ich ehrlich bin, dann bestanden meine Schultage nur aus einer Person. Flavia. Wir haben uns in der siebten Klasse kennengelernt. Jeder Junge wollte sie. Aber ich war der Glückliche. Oder Unglückliche."

Hero runzelte die Stirn. „Warum sagst du das?"

„Weil, wenn ich heute zurückschaue, dann hat Flavia immer ihren Willen bekommen. Bei allem. Das ist mir erst wirklich klar geworden, als ich dich getroffen habe. Nicht, dass ich dich vergleichen würde."

Hero lächelte ihn an. „Ich weiß. Aber der Vergleich liegt nahe: unser ähnliches Äußeres, die Tatsache, dass wir dich beide lieben, die Tatsache, dass jemand dort draußen mich auf dieselbe Art umbringen will wie sie."

„Warum drückst du es so aus? Hat er gesagt, dass er Flavia umgebracht hat?"

„Wenn es hierbei nun gar nicht um mich oder Flavia geht", fragte Hero, „sondern um dich – und nicht um Besessenheit oder Eifersucht? Was, wenn es hierbei um das Geschäft geht? Dich fertigzumachen? Dein Onkel liegt im Sterben. Du wirst in Kürze der reichste Mann Italiens sein, möglicherweise sogar der Welt, und die Größe des

Unternehmens, das du erbst, ist für viele unvorstellbar. Was, wenn der ganze Mist nur darauf ausgerichtet ist, dich nervös zu machen?"

„Es funktioniert", sagte Arturo düster und seufzte. „Du meinst also, Flavias Mord hat hiermit gar nichts zu tun?"

„Ich weiß es nicht." Hero schüttelte ihren Kopf. „Aber es ist eine Möglichkeit, die wir uns näher ansehen sollten. Ein Nachahmer. Vielleicht sind sie der Meinung, dass es dich zerstören würde, wenn sie mich umbringen."

„Dann haben sie recht. Aber warum deine Schwester?"

„Offenbar wissen sie von dem Schutz, den ich habe. Sie wissen, dass ich mich sofort ausliefern würde, um Melly zu retten."

„Mio Dio." Arturo schloss seine Augen. „Bitte sag so etwas nicht."

„Du würdest das Gleiche tun", sagte Hero liebevoll und streichelte sein Gesicht. „Du weißt, dass du das würdest."

Er nahm ihre Hand und drückte sie an sein Gesicht. „Dann müssen wir einfach jeden ausforschen. Alle. Angefangen mit dem figlia di puttana, George Galiano."

Hero nickte. „Er ist unheimlich, kein Zweifel. Aber etwas hält mich davon ab, ihn in Betracht zu ziehen. Er ist zu offensichtlich der perfekte Verdächtige. Er ist wie ein komischer Schurke. Wie die vermummte Kralle."

Arturo hob seine Augenbrauen. „Wer?"

Hero gluckste. „Egal. Aber mir kommt ein Gedanke ... wir könnten einen Köder auswerfen."

„Wovon sprichst du?"

„Wir sollten uns trennen."

„Wovon zur Hölle sprichst du?" Ihm war bei ihren Worten kalt geworden, aber sie lächelte.

„Nicht wirklich. Aber wir könnten uns streiten, öffentlich ... und dafür sorgen, dass George es sieht. Er wird versuchen mich abzuwerben, das verspreche ich dir. Tut mir leid, wenn das anmaßend klingt, aber er ist der Typ. Er würde es genießen, mich zu verführen, um dir eines auszuwischen."

„Dich selbst als Köder benutzen?" Er verzog angewidert das Gesicht. „Auf keinen Fall."

„Nicht Köder. Ich würde niemals etwas mit ihm anfangen, aber wenn er ein Gespräch mit dem 'wütenden Ich' hat, dann kann ich sein Ausmaß an ...", sie suchte nach dem passenden Wort, „Gefechtsbereitschaft ausloten."

Arturo schüttelte seinen Kopf, aber Hero hob eine Hand. „Warte, lass es mich erklären. Eine Frau bemerkt, ob es einem Mann um Sex geht oder ob es etwas Anderes ist. Wir haben einen eingebauten Radar dafür – meistens. Ich kann es nicht erklären. Wir Frauen haben es ständig mit sexuellen Übergriffen zu tun, oder Männern, die gewalttätig werden, auch wenn man nur höflich einen Drink abgelehnt hat. Ein Mann muss ziemlich verschlagen sein, um das zu verbergen – und George ist nicht so schlau."

„Das scheint mir alles sehr abzuhängen von ..."

„Meinem Bauchgefühl. Richtig. Beweisbar vor Gericht? Nein, aber ich werde herausfinden, ob George dazu in der Lage ist, mich umzubringen, oder ob er mich nur ficken will."

Arturo stand auf und fing an auf und ab zu laufen, fluchte leise auf Italienisch.

Hero nahm seine Hände. „Wir machen es irgendwo in der Öffentlichkeit, wo die Menschen sehen, wie wir uns richtig in die Wolle bekommen. Wir können einen unserer Detektive auf George ansetzen, um herauszufinden, wann er zum Mittagessen geht und dann unser kleines Schauspiel aufführen. Ich werde richtig viel weinen. George wird nicht in der Lage sein, sich zurückzuhalten. Er will der Ritter auf dem weißen Pferd sein. Wir lassen ihn. Dann werde ich herausfinden, zu was er fähig ist."

Arturo sah Hero unglücklich an, und sie erwiderte seinen Blick fest. „Mir gefällt das nicht."

„Es wird alles in der Öffentlichkeit sein."

„Was ist, wenn er dich irgendwo anders hinbringen will? Wenn du nein sagst, dann wird er misstrauisch, glaub mir."

Hero holte tief Luft. „Dann lassen wir mich von einem Detektiv verfolgen."

Arturo schloss seine Augen. Ein Bild von Hero kam ihm in den Sinn: in einer Blutlache, ihr Bauch aufgeschlitzt, ihre Augen für immer geschlossen.

HÖR AUF.

„Nein. Es gibt zu viele Dinge, die schief gehen können."

„Turo." Hero stand auf und schlang ihre Arme um ihn. „Er, wer auch immer er ist, hat meine Schwester, und die Polizei ist ratlos. Wir müssen das tun. Wir müssen jeden einzelnen unserer Freunde untersuchen, einen nach dem anderen. Niemand wird uns dabei helfen."

Arturo zog sie an sich. „Wenn dir irgendetwas passiert ..."

„Das wird es nicht. Ich kann gut auf mich aufpassen. Der Kerl im Patrizzi Apartment ... ich habe es einfach nicht kommen sehen. Dieses Mal machen wir Nägel mit Köpfen. Wir sind vorbereitet."

Arturo verwob seine Finger mit ihren Haaren und schwieg einen langen Moment. „Versprich mir, dass du dich nicht in Gefahr bringst."

„Nicht mehr als ich muss."

„Es dauert nur eine Millisekunde, dann verblutest du, und ich verliere dich für immer."

„Wird nicht passieren." Hero nickte überzeugt, und Arturo wusste, dass er sie nicht vom Gegenteil überzeugen konnte.

KAPITEL 20

George Galiano sah von seiner Zeitung auf und sah Hero Donati, die in das Restaurant stolziert kam, gefolgt von einem wütend aussehenden Arturo. Arturo schnappte ihren Arm, und sie wirbelte herum. „Lass das. Ich habe dir gesagt, dass es vorbei ist! Lass mich in Ruhe!"

„Bitte tu das nicht, Hero. Ich liebe dich ... es tut mir leid."

Hero schubste Arturo weg, als er sie umarmen wollte. „Nein ... ich will das nicht. Lass mich bitte allein ... bitte ..." Sie begann zu weinen, und Arturo fuhr sich mit der Hand durch seine dunklen Locken. Er sah am Boden zerstört aus.

„Ich glaube nicht, dass es vorbei ist ..."

Hero schüttelte ihren Kopf, Tränen strömten über ihr Gesicht. „Es hätte niemals anfangen sollen."

Arturo starrte sie einen Moment lang an, drehte sich dann um und verließ das Restaurant.

Schön, schön, schön.

George sorgte dafür, dass er der Erste war, der bei der weinenden Hero war, und führte sie zu einem verdeckten Tisch. „Bella, bitte, setz dich und beruhige dich. Könnten wir hier bitte einen Brandy haben?" Er lächelte die besorgt aussehende Bedienung an, die nickte und davonging.

Er setze sich neben Hero, sein Arm um ihren bebenden Körper. Er strich ihre langen dunklen Haare über ihre Schulter. „Komm Hero, weine bitte nicht."

„Es ist vorbei, vorbei ...", wiederholte sie immer wieder und schüttelte ihren Kopf und schließlich brachte er sie dazu, tief Luft zu holen und sich etwas zu beruhigen. Sie nippte an dem Brandy, den er ihr bestellt hatte.

„Okay?"

„Gott, es tut mir so leid ... danke, George. Was müssen die Leute nur denken? Es ist nur ..."

George lächelte sie an, nahm ihre Hand. „Was ist passiert?"

Sie erwiderte seinen Blick. „Er wurde ... zu besitzergreifend. Ich bin mir nicht sicher, ob ich dir das erzählen sollte, aber ich habe Drohungen bekommen. Morddrohungen."

„Mio Dio, nein."

Hero nickte. „Sie – wer auch immer sie sind - haben meine Schwester entführt. Ich soll mich ihnen ausliefern, und sie werden sie gehen lassen."

„Und du?"

Sie erwiderte seinen Blick mit Entsetzen in den Augen. „Ich werde umgebracht."

„Aber warum denn, um Himmels willen?"

Sie schüttelte ihren Kopf, Tränen liefen über ihre Wangen. „Ich weiß es nicht. Ich weiß es nicht."

„Und Bachi tut was? Dir vorschreiben, wie du leben sollst?"

„Er hat gesagt ... Himmel ... ich glaube nicht einmal, dass er es so gemeint hat, aber schon allein die Worte aus seinem Mund zu hören ..."

„Erzähl es mir." George beugte sich nach vorn, und sie suchte seinen Blick.

„Er sagte ... wenn es bedeutet, dass ich sterben soll, dann würde er lieber Imelda tot sehen."

George lehnte sich zurück und sog die Luft ein. „Ich verstehe ihn, aber es muss dich schockiert haben."

„Ja. Ich habe ihn herausgefordert ... und von da an ging alles den Bach hinunter. Er wollte mich praktisch als Gefangene in meinem eigenen – nein, in *seinem* Zuhause. Er hat mein Handy genommen, wollte mich nicht einmal meine Eltern in den Staaten anrufen lassen ... die letzte Woche war die Hölle. Himmel, ich sollte dir das wirklich nicht erzählen. Ich sollte gehen."

Hero stand auf und wurde rot, aber George nahm ihre Hand. „Nein, geh nicht. Zumindest nicht, bis du dich beruhigt hast. Ich werde dir etwas suchen, wo du heute Nacht bleiben kannst."

„Nein, ist schon gut. Danke."

„Hero." George stand auf, riesig neben ihrer zierlichen Gestalt. „Erlaube mir dir zu helfen. Auch wenn du es glaubst, aber das hier ist kein sicherer Ort für eine alleinstehende Frau."

Hero sah einen Moment lang alarmiert aus, aber dann sanken ihre Schultern herab. „Schön."

Sie erlaubte es ihm, sie aus dem Restaurant und zu seinem Auto zu führen. „Ich bringe dich in ein Hotel außerhalb der Stadt. Dort kannst du etwas Frieden finden."

„Danke." Sie schien etwas nervös, sah sich um, als sie losfuhren. George warf ihr einen Blick zu. Hatte sie Angst, dass Arturo sie sehen könnte? Hatte sie Angst vor ihm?

Er lächelte in sich hinein. Er hatte seit Wochen auf diesen Moment gewartet, mit ihr allein zu sein. Er tippte eine Nummer in sein Handy und stellte die Freisprechanlage an, als er fuhr. „Ja, hier ist George Galiano. Ich brauche Ihr bestes Zimmer. Ja … heute. Ich habe eine Freundin, die es braucht. Danke, ich werde sofort dort sein."

Er legte auf und sah Hero an, die jetzt ruhiger und still war. Sie sah blass aus.

„Die Villa Helena hat ein Zimmer für dich."

„Ich kann dir gar nicht genug danken."

„Ich werde dafür sorgen, dass dir deine Sachen aus der Villa Bachi gebracht werden."

Hero seufzte. „Als ich hierhergekommenen bin, hätte mich mir nicht ausmalen lassen, dass mein Leben so aussehen würde."

George legte seine Hand auf ihre, und sie versteifte sich, zog sie jedoch nicht weg. „Ich glaube, ich habe dir das schon einmal gesagt, Hero. Arturo Bachi ist nicht deine einzige Option."

Hero erwiderte nichts. Nachdem er sie in die Suite in der Villa Helena gebracht hatte, küsste er ihre Hand und ließ sie allein. Als er unten an der Rezeption vorbeikam, schob er der Angestellten, einer jungen Blonden, die er schon etliche Male gefickt hatte, einen Hunderteuroschein hin. „Ich will über alles, was sie tut, Bescheid wissen, jeder Anruf, alles. Ob sie Besucher hat", sagte er, und die Blonde nickte, schmachtete ihn an. Er würde sie ausführen, ihre süße Fotze ficken und sich vorstellen, sie wäre Hero. Bald würde er sich das nicht mehr vorstellen müssen.

Denn George Galiano bekam immer, wirklich immer, was er wollte, und Himmel, er wollte Hero Donati, und er würde alles tun, um sie zu haben, auch wenn er sie gegen ihren Willen nehmen musste.

KAPITEL 21

„Er lässt dich von den Hotelangestellten beobachten."

Hero seufzte. „Das habe ich mir schon gedacht. Hat er jemanden geschickt, um meine Sachen zu holen?"

Arturo lachte düster. „Das würde er sich nicht wagen. Er wird selbst kommen und es mir unter die Nase reiben."

„Himmel, er ist so ein widerlicher Kerl."

„Es tut mir leid, Baby. Wir können das jederzeit beenden, das weißt du."

Hero lächelte auf das unregistrierte Handy in ihrer Hand herab. „Das weiß ich, aber da Melly noch vermisst wird, werde ich alles tun, Turo." Sie zögerte etwas. „George weiterhin zu beobachten bedeutet ... dass ich mich dem beuge, was er will ... bis zu einem gewissen Maß."

Arturo schwieg, und Hero fühlte, wie ihr das Herz weh tat. „Baby, ich liebe dich, nur dich. Aber ich werde wahrscheinlich so tun müssen, als wäre ich ... Gott ... seinem Charme erlegen. Das ist so widerlich."

Arturo lachte leise, und Hero entspannte sich etwas. „Sei vorsichtig, Hero, ich könnte den Gedanken, dass er dich berührt, nicht ertragen. Kannst du ihn schon einschätzen?"

„Widerliches Arschloch, hasst dich, will mich ficken, nur weil ich dir gehöre – oder seinem Wissen nach, deine Ex war. Bauchgefühl? Ich weiß es noch nicht. Ich brauche ein paar mehr Informationen. Muss schauen, ob er etwas durchblicken lässt."

„Mio Dio", seufzte Arturo. „Tu, was du tun musst, cara mia, aber sei bitte vorsichtig."

„Das werde ich. Was hast du vor?"

„Ich werde zu meinem Onkel gehen. Neben dir ist er die einzige Person, von der ich weiß, dass sie ehrlich zu mir ist."

Hero biss sich auf die Lippe. „Wirst du mit ihm über Pete reden?"

„Ja. Gott, ich hasse es so sehr, dass ich die Motive meines alten Freundes in Frage stellen muss. Er war immer mein Fels in der Brandung."

„Ich weiß, Baby. Es tut mir leid."

„Aber ich muss genau wie du meinem Bauchgefühl folgen. Und wenn es nur ist, um ihn auszuschließen."

Sie seufzte. „Ich weiß."

„Hör zu, in dem Raum neben dir ist Gaudio. Wenn du Angst hast, dann schreie einfach. Er ist direkt neben dir."

Hero seufzte. „Gott, ich vermisse dich."

„Und ich dich, mein Liebling. Wissen wir wirklich, was wir tun?"

Hero schluchzte auf und lächelte schief. „Nein. Aber wir müssen etwas tun, und das hier ist es."

„Ich weiß. Du solltest meine Gedanken hören, lächerliche Ideen, wer hinter den Angriffen stecken könnte."

„Zum Beispiel?"

Arturo zögerte. „Tom. Was, wenn er seinen Tod nur vorgetäuscht hat? Was wenn ... bla bla bla. Siehst du? Lächerlich – und ich schäme mich, dass ich überhaupt an deinen Ehemann denke. Tut mir leid."

„Nein, ich verstehe das. Ich hatte auch solche verrückten Gedanken. Ich habe niemals gesehen, wie man Tom und Beth beerdigt hat, hatte also nie die Chance, mit der Sache abzuschließen. Aber es sind einfach verrückte Gedanken ... und Arturo?"

„Ja, cara mia?"

„*Du* bist jetzt mein Ehemann."

Arturo lachte, ein tiefer voller Klang, der ihr die Seele wärmte. „Darauf kannst du wetten. Ich liebe dich."

„Ich liebe dich, Baby. Schlaf gut."

„Gute Nacht, il mia amore."

ARTURO WAR NICHT ÜBERRASCHT, ALS GEORGE GALIANO AM NÄCHSTEN Morgen in der Villa Bachi auftauchte. Sein Lächeln war hinterhältig.

„Ich komme im Namen einer Freundin, die mich gebeten hat, ihre Sachen zur ihr zu bringen. Sie lässt bitten, dass ich das erledige, weil sie nicht möchte, dass du weißt, wo sie ist."

Arturo knirschte mit den Zähnen und musste sich daran erinnern, dass alles nur gespielt war, oder er hätte das gefällige Lächeln direkt aus Georges Gesicht geschlagen. „Lass den Mist, Galiano. Hero kann für sich selbst einstehen, sie braucht dich nicht."

George grinste. „Du hast sie tränenüberströmt im Restaurant gelassen. Sie ist ziemlich gedemütigt."

„Und was weißt du von Hero? Wie oft hast du mit ihr gesprochen? Dreimal seit sie hier ist? Halt dich aus Dingen raus, die dich nichts angehen, George. Sagst du mir jetzt, wo sie ist?"

„Nein. Ich nehme an, sie möchte nicht, dass du das weißt. Von dem, was ich gehört habe, hat sie es schon schwer genug."

Arturo wurde still. „Und was hast du gehört?"

George lächelte. „Hero hat mir alles erzählt. Scheint, als ob du deine Frauen nicht beschützen könntest, nicht wahr Bachi? Erst Flavia, jetzt Hero."

„Hero wird nichts passieren." Arturo versuchte kühl zu bleiben, aber seine Knöchel wurden weiß, als er seine Hände automatisch zu Fäusten ballte.

„Das hoffe ich. Was für eine Verschwendung das wäre, solch eine Schönheit. Diese Stadt könnte eine weitere Tragödie nicht ertragen."

George genoss das, aber Arturo konnte nicht sagen, ob er es genoss, Arturo zu quälen, oder ob es der Gedanke war, Hero weh zu tun. Er betete, dass es Ersteres war.

„WAS WILLST DU GEORGE?"

Georges Lächeln verschwand. „Nichts, was du mir geben könntest. Ich erwarte nichts von dir. Das Mädchen hätte das auch nicht tun sollen. Du bist wie ein Krebsgeschwür, Bachi. Du ruinierst Leben. Du verdienst jedes bisschen Schmerz, das dich erwartet. Vielleicht wäre Hero tatsächlich besser dran, wenn sie tot wäre."

Arturo warf sich auf George. George wich gekonnt zur Seite aus, und Arturo landete auf dem Boden. Als er sich wieder aufrappelte, gluckste George. „Weißt du was, Bachi? Ich werde von jetzt an Hero gegen dich aufwiegeln. Wenn man den Zustand betrachtet, in dem sie gestern war, dann wird das leicht. Du wirst sehen. Diese Schönheit wird schon bald in meinem Bett sein und erneut wirst du nichts mehr haben. Ist es ein Wunder, dass deine Frauen immer mich wählen?"

Er stolzierte hinaus, und Arturo hörte ihn lachen. Arturo stand langsam auf und wischte seine Sachen sauber. Es hatte ihn große Mühe gekostet, diesen Angriff vorzutäuschen, sich selbst auf den

Boden zu werfen, und sich vor seinem alten Feind lächerlich zu machen.

Er nahm das Handy und rief seine Frau an. „Er hat es mir abgekauft", sagte er und begann zu lächeln.

„MEINE LIEBE, ICH BEFÜRCHTE, DASS BACHI DIR DEINE SACHEN NICHT geben wird. Er benimmt sich wie ein Kind, schmollt und trotzt – wie immer."

Hero nickte seufzend. „Nun, es waren nur Sachen, George. Es gibt viele Geschäfte. Ich möchte eine Konfrontation mit ihm lieber nicht riskieren. Ich möchte ihn eigentlich auch überhaupt nicht sehen."

George setzte sich auf die Couch. Hero nahm ihm gegenüber Platz. „Du bist sehr nett, George. Ich kann dir gar nicht genug danken. Ich muss mir nur überlegen, was ich als nächstes tun werde."

Er nickte. „Ich würde dir gern helfen, wenn du es erlaubst. Vielleicht könnten wir ein paar Detektive losschicken, um deine Schwester zu finden."

Heros Herz begann schneller zu schlagen. „Arturo hat das schon getan. Es gibt von ihr keine Spur in Como oder Milan."

„Vielleicht hat Bachi nicht die Kontakte, die ich habe." Georges lächeln glich einer Schlange, und Hero fühlte, wie kaltes Adrenalin in ihren Magen schoss.

VORSICHTIG, VORSICHTIG JETZT ...

„Was meinst du?"

„Ich meine ... er ist ... ziemlich wählerisch bei seinen Geschäftskontakten. Ich bin nicht so naiv wie er. Ich gehe dahin, wo das Geld ist, und manchmal bedeutet das ..."

„Der Untergrund. Warum würde jemand von dort mich töten wollen?"

George musterte sie, seine Augen waren wie glühende Kohlen. „Es gibt immer einen Grund, eine schöne Frau zu töten, Hero."

Seine Worte waren wie ein Messer in ihrem Bauch an. *Ironisch*, dachte sie, *da er jetzt mein Hauptverdächtiger ist, der mich erstechen will.* „Würdest du mich töten George?" Ihre Stimme war leise.

Sei Gesicht veränderte sich sofort. „Meine liebe Hero, nein, das wollte ich nicht sagen! Ich habe nicht von mir selbst gesprochen, mehr von der Welt im Allgemeinen." Er seufzte. „So viel Eifersucht auf dieser Welt, so viele aufgeblasene Menschen. 'Sie gehört mir. Wenn ich sie nicht haben kann, dann auch niemand anderes ... et cetera' Wir sehen es jeden Tag in den Nachrichten. Meine Liebe, nein, ich meinte nur ... es scheint keine Grenze zu geben für die Gründe eines Warums."

Huh. Da hatte er recht, aber ihr war immer noch schlecht. In der nächsten Sekunde saß er neben ihr. Sie versuchte nicht zurückzuweichen, als er ihr Haar hinter ihr Ohr strich. Seine Augen hingen an ihren, und sie erwiderte fest seinen Blick.

„Du bist wirklich außergewöhnlich", murmelte er. „Es wäre schlimm, wenn dir etwas zustoßen würde, Hero Donati. Eine Tragödie. Ich werde das nicht zulassen."

Oh Gott, er wird mich küssen. Spiel mit. Tu so als ob. Übergib dich nicht. Aber stattdessen nahm George ihre Hand und küsste diese. Sie atmete zitternd aus, ließ ihn hören, dass sie nervös war, hoffte, er würde denken, dass es Verlangen war.

Seine Arroganz gewann. „Liebling, ich werde dich später anrufen. Wenn ich darf? Zum Essen?"

Sie zwang ein Lächeln auf ihr Gesicht. „Sicher."

Dann küsste er sie, seine Lippen berührten sanft ihre. Hero ballte ihre Hände zu Fäusten, bewegte sich aber nicht. „Bis später dann." In seiner Stimme lagen unausgesprochene Dinge.

Hero lächelte. „Bis später."

Sie wartete, bis er die Tür geschlossen hatte und sie den Fahrstuhl auf dem Flur hörte, bevor sie das Zimmer verließ und nebenan an die Tür klopfte. Gaudio öffnete.

„Hey." Sein breites Grinsen ließ sie sich sofort sicherer fühlen.

„Ich habe ein Problem", sagte Hero, nachdem sie ihn umarmt hatte. „Könnte sein, das du heute Abend ein bisschen schauspielern musst, um mich davor zu bewahren ... ähm ... mit George zu schlafen."

Als Gaudio die Augen aufriss, grinste sie und deute auf einen Sessel. „Setz dich. Wir werden das planen müssen."

„AUF GAR KEINEN FALL."

Hero gluckste. „Ich werde das auf gar keinen Fall tun. Ich habe mir mit Gaudio zusammen etwas einfallen lassen. Er wird das Ganze im geeigneten Moment unterbrechen."

Arturo seufzte. „Ich hasse das. Ich hasse, dass ich nicht bei dir bin und nicht dazu in der Lage bin, dich zu schützen."

„Mach dir keine Sorgen um mich, Baby. Hast du deinen Onkel angerufen?"

„Ja. Ihm geht es nicht gut. Peter war bei ihm und sagt, dass wenn ich ihn noch einmal sehen will, es besser bald tue. Meine letzte verbliebene Familie."

„Nicht wahr, Liebling, aber ich weiß, wie du dich fühlst. Ich denke die ganze Zeit an Melly. Ich fühle es tief in mir drin, dass sie noch am Leben ist, aber ich kann mir gar nicht vorstellen, was sie durchmacht. Sie ist zäh, aber wer auch immer dieser Psycho ist ..."

„Ich weiß, Süße. Du musst tun, was du kannst, um deine Schwester zu finden. Ich liebe dich. Ich vertraue dir. Dass die Hände dieses Mannes auf dir sein werden ... Jesus ... ich würde ihn am liebsten umbringen. Aber ich vertraue dir."

„Ich werde dieses Vertrauen niemals enttäuschen.“

George hatte sich schick gemacht. Hero versuchte zu lächeln, als er in das Zimmer kam. Er erinnerte sie an Al Pacino in Scarface. Der Effekt war leicht komisch, und Hero nutzte ihre Belustigung für ein Lächeln.

„Du siehst gut aus.“

Er küsste sie. „Und du siehst umwerfend aus.“ Er fuhr mit der Hand über die Seite ihres engen roten Kleides und Hero versuchte verzweifelt stehen zu bleiben. „Ich muss zugeben, dass ich die ganze Zeit, seit du nach Como gekommen bist, an dich gedacht habe, Hero. Genau wie jeder andere Mann hier.“

Hero lächelte und wandte sich um, um ihre Tasche zu nehmen. Als sie sich wieder umdrehte, war George ihr näher, als sie das erwartet hatte, und er zog sie an sich. *Gott.* Sie spürte seinen erigierten Schwanz an ihrem Bauch, und ihr Magen drehte sich angewidert um.

„Wollen wir nach unten zum Essen gehen?“

Er lächelte verschlagen. „Nein. Ich habe die Bestellung geändert. Wir essen hier.“

Ein Klopfen an der Tür und er öffnete. Drei Kellner schoben schweigend drei Wagen in das Zimmer und gingen stillschweigend wieder hinaus. Hero runzelte die Stirn. „Bist du so hungrig?“

George gluckste. „Nur dieser Wagen hier hat unser Essen, Liebes. Der Rest ist für später.“

Oh lieber Gott, was zur Hölle hat er vor? Hero warf einen nervösen Blick auf die Verbindungstür, sie hoffte bei Gott, dass Gaudio seinen Einsatz nicht verpassen würde.

Das Essen war, das musste sie zugeben, exquisit. Marinierter Lachs, ein Salat und knuspriger, gegrillter Spargel. George schenkte ihnen Wein ein. Hero musterte ihn. Er war wirklich der arroganteste Mann, den sie jemals getroffen hatte. Sie wusste, dass er sich sicher war, dass sie später Sex haben würden.

Wird nicht passieren, mein Freund.

Der Gedanke daran, dass er sie berührte, drehte ihr den Magen um.

Aber sie lächelte und plauderte höflich, versuchte ihn einzuschätzen. Je mehr er redete, desto überzeugter wurde sie, dass er zu dumm war, um irgendetwas von dem planen, was ihr Peiniger sich ausgedacht hatte, außerdem war er zu eingebildet, um sich auf eine blutrünstige Sache einzulassen. Er konnte seinen Lebensstil nicht hinter Gittern fortführen.

Nach dem Essen stand Hero auf. „Wollen wir den Wein mit auf den Balkon nehmen?"

George lächelte. „Ich glaube nicht, Hero. Komm schon. Wir beide wissen, warum ich hier bin."

Er stand auf und nahm ihre Hand. „Komm, sieh dir die Spielzeuge an, die ich für uns habe."

Spielzeuge? Oh scheiße.

Er hob den Deckel der silbernen Platte, und zum Vorschein kam eine riesige Auswahl an Sexspielzeug, Gleitcreme, Kondome ... Seile.

„Wir können heute Nacht viel Spaß haben, Hero. Und denk einmal dran ... wenn ich Arturo erzähle, dass ich seine wunderschöne Ex gefickt habe und was ich alles mit ihr angestellt habe ... dann wirst du seine Schmerzen genauso genießen, ohne Zweifel."

Hero versuchte in ihrer Benommenheit zu lächeln. „Lass mich mich kurz frisch machen."

„Natürlich. Lass dir nicht zu viel Zeit."

Hero spielte mit, glitt mit ihrem Finger unter seinen Schlips und ließ ihn über ihre Hand gleiten. „Oh, das werde ich nicht." *Es dauert nur eine Sekunde, meinen Keuschheitsgürtel anzulegen.* Ihre Nerven brachten sie zum Kichern, und sie floh in das Badezimmer, schloss die Tür hinter sich. Sie nahm das Handy aus dem Schrank. „Gaudio ... dreißig Sekunden Warnung."

„VERSTANDEN."

Hero steckte das Handy wieder in den Schrank, betätigte die Spülung der Toilette, drehte die Dusche auf. Sie hatte sexy Unterwäsche angezogen, nur für den Fall, aber sie würde sich nicht ganz ausziehen. Sie holte tief Luft und ging wieder hinaus, wo George bereits ohne Hemd auf sie wartete. Er hielt ihr seine Hand hin. „Meine Liebe ...“

Sie erschraken beide, als der Feueralarm losging und durch das gesamte Hotel tönte. Pure Frustration stand auf Georges Gesicht geschrieben, und er griff erneut nach ihr. „Es ist wahrscheinlich nur eine Probe -“

Hero rannte schon zur Tür. „Ich gehe kein Risiko ein!“

Gaudio, ich liebe dich.

Sie rannte hinaus, gefolgt von einem fluchenden George, der sein Hemd anzog. Sie warf Gaudio einen flüchtigen Blick zu, der anderen Menschen die Treppe hinunterhalf, und nickte, eine winzige Kopfbewegung. Er zwinkerte ihr zu.

Unten versammelten sich die Hotelgäste in der milden Abendluft. Es war jetzt kühler, aber Heros Adrenalin rauschte durch ihren Körper. George ließ sie nicht aus dem Blick. Wenn sich herausstellte, dass es falscher Alarm war und sie wieder zurück ins Hotel konnten, würde er mit ihrem Spiel weitermachen wollen.

Hero war sich darüber bewusst, was er tat. Er wollte vor Arturo angeben, dass er Dinge mit Hero getan hatte, die Arturo niemals getan hatte – warte. Hero begann zu lächeln. Genau da lag ihre Antwort. *Ganz oder gar nicht.*

Wie schon erwartet, ließen sie die Gäste wieder hinein. Gaudio sah Hero an, aber sie schüttelte ihren Kopf und formte lautlos ein paar Worte mit dem Mund: „Es ist okay. Ich habe alles unter Kontrolle.“

. . .

ZURÜCK IM ZIMMER FUHR HERO MIT DEN FINGERN ÜBER DIE DILDOS, Reitgerten und Paddel. Sie hob eine auf und musterte sie. Georges Augen funkelten aufgeregt. „Wollen wir?"

Hero setzte ihr bestes gelangweiltes Gesicht auf. „Das ist alles?"

Das verblüffte ihn. „Entschuldige?"

Sie warf die Gerte wieder auf den Wagen und sah zu ihm auf. „Das ist ein bisschen zahm für meinen Geschmack."

George zuckte etwas zurück. „Zahm?"

Hero lachte. „Paddel, George? Reitgerten? Das habe ich hinter mir gelassen, als ich fünfzehn war." Sie seufzte gelangweilt und setzte sich. „Was hast du sonst noch?"

Sie hatte ihn. Er musste sein Gesicht vor ihr wahren. Hero betete, dass er nicht gefährlich werden würde, sie war immer noch nicht hundertprozentig überzeugt, dass er nicht wusste, wo Melly war, aber als die Minuten verstrichen, sah sie den Man vor sich an und sah lediglich einen bedauernswerten kleinen Säugling.

George war genauso wenig ein Mörder, wie sie es war.

George nickte. „Ich verstehe. Ich wollte deinen Geschmack erst einmal testen. Ich dachte mir, dass ich dich abschrecken würde, wenn ich dir erzähle, auf was ich wirklich stehe."

„Auf was stehst du denn, George?"

Er lächelte. „Vielleicht sollten wir diese Unterhaltung auf eine andere Nacht verschieben. Der Feueralarm hat mir die Stimmung verdorben."

„Das hat er." Sie stand auf und ging zu ihm, legte ihm die Hand flach auf die Brust. „Danke für das wunderbare Abendessen, George, aber ich denke, ich möchte mich jetzt mehr darauf konzentrieren, meine Schwester zurückzuholen. Wenn sie wieder hier ist, nun ..."

George nickte. Er drückte kurz seine Lippen auf ihre. Hero löste sich und lächelte ihn sanft an. „Gute Nacht, George."

„Gute Nacht, bella Hero."

KAPITEL 22

S ie wartete gute zehn Minuten, nachdem er gegangen war, bevor sie Arturo anrief. „Hey, Süßer."

„Hey, cara mia. Hör mal, tu mir bitte einen Gefallen. Schließe deine Zimmertür bitte jetzt doppelt ab."

Heros Haare stellten sich auf, und sie tat, um was er sie gebeten hatte.

„Und jetzt schließe die Rollläden."

„Erledigt."

Arturo lachte leise. „Und jetzt geh zur Verbindungstür zu Gaudios Zimmer."

Sie tat es, und sie öffnete ihre Seite der Tür, die andere Tür öffnete sich, und sie lachte laut auf, als Arturo grinsend durch die Tür trat.

„Gaudio hat mich angerufen ..."

„Wie bist du hereingekommen, ohne dass man dich gesehen hat?" Sie warf ihre Arme um ihn und küsste ihn bis beide außer Atem waren.

„Ich habe einen Freund beim Vigili del Fuoco, der Feuerwehr. Sie habe mir eine Uniform ausgeborgt und als sie zum falschen Alarm gerufen wurden ...“

Hero lachte. „Du bist ein Genie. Und ich habe gerade auch ein Feuer in mir, Signore Feuerwehrmann, und du musst es löschen.“

Arturo grinste. „Himmel, ich habe dich vermisst.“

„Ja, ja, ich dich auch. Fick mich, Bachi, sofort.“

Arturo hob sie hoch und brachte sie zum Bett. „Ich mag dieses Kleid, Hero. Ich bin nur traurig, dass er es zuerst gesehen hat.“

„Reiß es mir vom Leib“, befahl sie. „Ich kann ein anderes rotes Kleid nur für dich kaufen.“

Arturo tat, worum sie ihn bat, zerriss es und schälte es ihr vom Körper. Sie zerrte an seinem Sweater, zog ihn über seinen Kopf und konnte es kaum erwarten, ihn nackt zu sehen. Kurz darauf waren ihre Sachen verschwunden, und Hero öffnete ihre Arme für ihn. Er legte ihre Beine über seine Schultern und vergrub seine Zunge tief in ihr, brachte sie zum Winseln.

„Du darfst nie wieder eine Nacht ohne mich verbringen“, sagte er, und sie lachte.

„Mach so weiter, und ich werde das gar nicht wollen, Baby. Oh Gott, ja, ja genau da ... oh ....“

Er leckte sie, bis sie sich vor Erregung wand und stieß dann seinen erigierten und pulsierenden Schwanz in ihre Fotze, unterwarf sie, während Hero sich unter ihm wand und stöhnte. Seine Küsse waren wild in seinem Verlangen nach ihr.

„Hero“, keuchte er, als sie beide ihren Höhepunkt erreichten. "Heirate mich, dieses mal richtig, heute Nacht ...“

Hero konnte nicht sofort antworten; ihr verschlug es den Atem von der Gewalt ihres Orgasmus, und sie schrie immer wieder seinen Namen. Als sie erschöpft auf das Bett fielen, grinste sie ihn an. „Die

Antwort ist ja, doch ich denke, wir werden Probleme haben, jemanden um 3 Uhr in der Früh zu finden, der uns verheiratet."

„Schau zu und beobachte, wie ich Menschen aufwecke." Er nahm sein Handy, aber sie stoppte ihn.

„Nicht. Morgen fahre ich nach Milan, um mich mit dem Mann vom Konsulat zu treffen. Begleite mich. Wir können dort heiraten."

Arturo lächelte, seine Freude war aufrichtig und offensichtlich. „Wir heiraten."

„Ja, das tun wir. Richtig." Sie küsste ihn und seufzte. „Ich habe kein recht, so glücklich zu sein, während Melly noch vermisst wird."

„Hey", er streichelte ihr Gesicht. „Du verdienst es, glücklich zu sein. Melly würde wollen, dass du glücklich bist. Aber wir geben nicht auf, das schwöre ich bei Gott. Hast du irgendetwas von Galiano erfahren?"

Hero schüttelte ihren Kopf. „Turo, da ist etwas ziemlich ... Armseliges ... an ihm. Es ist, als würde er mit aller Macht beweisen wollen, dass er besser ist als du. Ich glaube ehrlich nicht, dass er eine Ahnung hat, wo Melly ist oder von den Drohungen an mich. Er hat das einfach nicht in sich. Er ist hasserfüllt und engstirnig und ein ziemlicher Volltrottel. Aber ich glaube nicht, dass er ein Mörder ist."

„Ich hoffe, du hast recht." Arturo schüttelte seinen Kopf. „Gott, dann bleibt Peter ... aber ich bringe es nicht über mich, die Fragen zu stellen."

Hero dachte darüber nach. „Was, wenn ich ihn frage? Nicht direkt natürlich, aber ... hast du Peter von unserem Schauspiel erzählt?"

„Nein, er denkt auch, dass wir uns getrennt haben."

„Okay. Dann sollte ich mich vielleicht als deine Ex mit gebrochenem Herzen an ihn wenden."

Arturos Mund wurde zu einem schmalen Strich. „Damit bringst du dich selbst wieder in die Schusslinie."

„Nur falls Peter ... du weißt schon ..."

Sie beobachtete wie eine Millionen Gefühle in den Augen ihres Liebhabers aufflackerten. „Turo, ich kann mir einfach nicht vorstellen, dass es Peter ist. Er scheint mir nicht der Typ zu sein, und warum sollte er sich nach all den Jahren gegen dich wenden? Wegen Geld, Macht? Das glaube ich nicht."

„Ich auch nicht. Er weiß ... Himmel, er weiß, dass wenn ich eine Wahl zwischen dir und dem Geschäft treffen müsste, er es haben könnte. Also warum? Warum sollte er das tun?"

Hero nickte. „Genau. Wenn er mich tot sehen wollte, dann könnte er es in aller Stille machen und dennoch dasselbe Ergebnis erzielen. Warum sollte er mich anrufen und dabei eine Entdeckung riskieren? Nein, es kann nicht Peter sein."

Sie saßen eine Weile schweigend da, beide in ihren Gedanken verloren. Schließlich wandte sich Arturo Hero zu und zuckte mit den Schultern. „Wer dann?"

Aber sie hatte keine Antwort für ihn.

KAPITEL 23

*A*ls Hero am Morgen aufwachte, war Arturo verschwunden. Er hatte ihr eine Nachricht hinterlassen:

Es bringt Unglück, wenn man die Braut vor der Hochzeit sieht ... außerdem wollen wir auch nicht, dass uns Galiano erwischt.

Wir sehen uns in der Stadthalle in Milan um sechs Uhr. Ein Auto wartet auf dich, um dich in das Konsulat zu bringen und danach zu mir.

Ich liebe dich so sehr, Hero. Wir sehen uns in der Kirche.

A

xo

SIE LÄCHELTE IN SICH HINEIN. NACHDEM SIE GEDUSCHT UND SICH angezogen hatte, klopfte es an der Tür. Eine Frau mit einer Tasche in der Hand lächelte sie an. „Signore Bachi lässt das schicken."

Hero dankte ihr und nahm die Tasche. Darin befand sich ein wunderhübsches weißes Kleid mit einer weiteren Nachricht.

Vergib mir meine Vermessenheit. Wenn das hier alles vorbei ist, dann wiederholen wir es noch einmal, und du wirst alles haben, wovon du jemals geträumt hast. Aber für jetzt ... das hier hat mich an dich erinnert. A xo

Da Kleid war perfekt – nicht zu übertrieben – nur ein einfaches Baumwollkleid, das ihr bis gerade bis über die Knie reichte, einen runden Ausschnitt und glockenförmige Ärmel hatte. Es war perfekt. Ein weiteres Klopfen an der Tür und sie hatte kleine weiße Schuhe mit zierlichen Perlen und eine dünne Goldkette, die ihr zwischen die Brüste fiel. *Er kennt mich in- und auswendig,* dachte Hero, als sie ihr Spiegelbild betrachtete.

Er kennt mich bereits so gut.

Sie war nahe daran zu weinen und für einen Moment hatte sie Angst. Sie nahm ihre Tasche und nahm ihren Geldbeutel heraus, entnahm ihm das Bild von Tom und Beth. „Ich vermisse euch beide so sehr, aber ich werde glücklich sein. Ich werde im Gedenken an euch die Leben leben, die ihr hättet haben sollen, meine Lieben. Ich werde euch niemals vergessen. Ihr seid ein Teil von mir."

Sie küsste das Foto und strich über die Wange ihrer verlorenen Tochter. „Süße ... vielleicht hast du bald einen Bruder oder eine Schwester."

Ihr entwichen dann ein paar Tränen, und sie legte das Foto schnell beiseite. Wieder klopfte es an der Tür, doch als sie öffnete, verblasste ihr Lächeln. „Oh."

George lächelte sie an. „Dir auch einen guten Morgen. Du siehst sensationell aus."

Hero erholte sich schnell. „Sommerkleider. Hi George, wie geht es dir?"

„Ich habe mich gefragt, ob wir den Tag zusammen verbringen können." Er trat ein, ohne dass sie ihn darum gebeten hatte, und Hero fühlte, wie sich ihr Körper irritiert verspannte. Sie brachte ein freundliches Lächeln auf ihr Gesicht.

„Das würde ich gern, aber ich muss heute mit dem amerikanischen Konsulat in Milan sprechen. Mein Auto sollte jeden Moment hier sein."

George winkte ab. „Bestell ihn ab. Ich kann dich fahren."

„Nein, danke. Sie sind es gewohnt, mich mit Arturo zu sehen, und wenn ich plötzlich mit einem anderen Mann auftauche, dann könnten sie denken ... also ..."

„Ah, ich verstehe. Sie könnten annehmen, dass du von Mann zu Mann springst und kein verlässlicher Zeuge bist?"

Heros Augen verengten sich. „Das wollte ich nicht sagen, aber danke, das ist sehr aufmunternd."

George tat sein Ausrutscher nicht ein bisschen leid. *Ah*, dachte Hero, *er leidet noch darunter, dass ich ihn letzte Nacht übertrumpft habe.* Sie seufzte lautlos. *Geh weg kleiner Junge, ich habe keine Zeit für deine Spiele.*

„Nun, kann ich dann wenigstens für heute Abend einen Tisch reservieren? Dann können wir eventuell unser Gespräch von letzter Nacht fortsetzen."

„Nicht heute Abend, George. Ich rufe dich an. Ich muss jetzt los, würdest mich bitte entschuldigen?"

Seine Augen wurden schmal, und eine Sekunde lang war es Hero, als würde sie blanke Wut in ihnen sehen. So schnell wie dieser Eindruck aufgetaucht war, war er auch wieder verschwunden. „Natürlich", sagte er glatt. „Ich freue mich auf deinen Anruf."

Auf der Fahrt nach Milan versuchte sich Hero auf das zu konzentrieren, was sie den Mann im Konsulat fragen würde, aber bald konnte sie nur noch an Melly denken. Wo war sie? Hatte sie Schmerzen? War sie verletzt? War sie noch am Leben?

Gott, und ich heirate ohne sie. Die Schuldgefühle lagen schwer auf Hero, aber zur selben Zeit wollte sie keinen Moment mehr länger warten, um Arturos Frau zu werden. Es fühlte sich an wie die Schutzrüstung, die sie brauchte, um das alles zu überstehen.

Von den ganzen Schmerzen abgesehen, der Angst und dem Entsetzen, hatte sie etwas Reales gefunden, etwas, das inmitten der Dunkelheit hell in ihrem Leben schien. Die Liebe ihres Lebens. Oder besser, eine andere Liebe ihres Lebens. Hero konnte Tom und Arturo nicht gegeneinander abwägen – sie waren komplett verschieden, und sie wusste, dass Arturo Toms Liebe für Hero achten würde, genauso sehr wie seine eigene. Sie wünschte sich vom ganzen Herzen, dass sie sich kennenlernen könnten. Würden sie sich mögen? Sie hoffte es. Mit Tom war leicht auszukommen, und Arturo war so charmant.

Hero schloss ihre Augen. Manchmal, nur manchmal, wünschte ich mir das Leben könnte einfach sein. Dass Arturo und ich einfach glücklich sein könnten, ohne die ganzen Schmerzen und allem was passiert war. Ohne diesen Psychopathen, der sie aus Himmel weiß was für Gründen ins Visier genommen hatte. *Wer auch immer du bist, sei dir gewiss, dass ich nicht aufgeben werde. Ich werde diesmal ein glückliches Ende erleben, Arschloch, ob das dir nun gefällt oder nicht.*

Ihr Entschluss stand fest, sie öffnete die Augen und starrte hinaus auf die wunderschöne Landschaft, die an ihr vorbeizog.

Als er in das Büro fuhr, das er sich mit Peter teilte, traf Arturo eine Entscheidung. Er würde Peter ganz direkt fragen, ob er das Geschäft haben wollte, und falls Peter ja sagen würde, dann würde er es ihm anbieten. Ihm das geben, was er wollte. Wenn der Mörder es danach immer noch auf Hero abgesehen hatte ... dann handelte es sich um jemand Unbekanntes.

Es wäre ein Anfang. Er würde seinen besten Freund genau beobachten und sich auf sein Bauchgefühl verlassen, ob Peter log oder dazu in der Lage wäre, der Frau etwas anzutun, die Arturo liebte. Oder den Frauen, die er geliebt hatte und liebte. Peter hatte Flavia niemals wirklich gemocht, aber als loyaler Freund hatte er das Arturo niemals ins Gesicht gesagt. Aber hätte er sie ermordet? Auf eine solche intime Wiese? Falls er sie tot sehen wollte, hätte er etwas arrangieren können, oder einen zufälligen Überfall stellen können. Flavias Mörder wollte, dass Arturo wusste, dass er es genossen hatte, sie umzubringen. Dass es für ihn etwas Animalisches gewesen war, ein sexuelles Verlangen nach ihrem Blut.

Arturo schüttelte seinen Kopf und versuchte die Bilder abzuschütteln, die ihn überfielen. Flavias Körper verwandelte sich in Heros, blutüberströmt, brutal misshandelt. *Nein. Nicht dieses Mal, Mistkerl.*

Er lächelte Marcella an, als er ins Büro kam. „Buongiorno Marcie. Ist Peter schon da?"

„Klar. Willst du Kaffee?"

„Später. Danke."

Arturo ging den Flur entlang zu Petes Büro. Sein Freund sah auf und lächelte ihn an. „Hey, ich habe nicht erwartet, dich zu sehen."

„Warum nicht?"

„Ich dachte, du brauchst etwas Zeit für dich nach der Trennung. Du schienst dir das sehr zu Herzen zu nehmen."

Arturo lächelte halbherzig. „Ich brauchte die Ablenkung."

Peter nickte. „Wahrscheinlich. Willst du dir mit mir zusammen ein paar Zahlen bezüglich des Patrizzi Apartment ansehen?"

„Nicht im Moment. Es gibt etwas anderes, worüber ich gern mit dir reden wollte."

Peter sah ihn interessiert an. „Oh?"

Also dann.

„Pete ... willst du mein Geschäft übernehmen? Oder besser, das Familiengeschäft? Ist es Geld was du willst, oder eine bessere Position?"

Peter schwieg einen Moment lang, sein Blick suchte Arturos Gesicht, um den Grund hinter dieser Frage herauszufinden. "Turo ..."

„Sag es mir einfach. Willst du das Geschäft? Falls ja ... dann gehört es dir. Sag es einfach. Es gibt Dinge in der Welt, die mir wichtiger sind als das."

Peter stand auf und schloss die Bürotür. Er setzte sich wieder und seufzte. „Turo ... Was soll das? Warum stellst du mir diese Fragen?"

„Ich muss es wissen ... ob du mehr möchtest und was du dafür tun würdest."

„Zum Beispiel?" Peters Stimme klang jetzt hart, aber Arturo steckte schon mittendrin.

„Würdest du versuchen mir das Geschäft durch ... unlautere Methoden abzuluchsen?"

„Was zur Hölle, Turo?" Peter sah jetzt wütend aus, aber Arturo fuhr fort.

„Was ich meine ist ... Himmel, Peter ... bist du die Person, die versucht, die Frau, die ich liebe, zu töten?" Seine Stimme brach am Ende, wissend das dieses Gespräch wahrscheinlich ihre Freundschaft zerstören würde.

Peter sog den Atem ein. „Du denkst, ich könnte Hero umbringen?"

„Ich weiß es nicht, deshalb frage ich."

„Jesus, Arturo. *Jesus Christus* ..." Er stand auf und fing an, auf und ab zu laufen. „Glaubst du wirklich ... ich gehe davon aus, dass diese Trennung nur gespielt war?"

„Ja. Wir wollten Galiano überführen, aber er beißt nicht an."

„George ist kein Mörder und nur damit du es weißt, ich auch nicht."

Arturo glaubte ihm. „Es tut mir leid. Ich musste fragen, und ich war es dir schuldig, um ehrlich zu sein. Du hast meine Frage wegen dem Geschäft nicht beantwortet. Willst du es?"

Peter, dessen gut aussehendes Gesicht jetzt wütend und betrogen aussah, beugte sich über den Schreibtisch, und er blies die Wangen auf. „Ich würde nichts wollen, was mich dazu bringen könnte, ein unschuldige Frau zu ermorden, Arturo. Will ich weiter nach oben kommen? Natürlich. Eines Tages würde ich gern mein eigener Chef sein, aber ich tue das wegen deiner Partnerschaft, nicht um sie zu untergraben. Scheiße, Arturo ... hältst du wirklich so wenig von mir? Nach all den Jahren?"

„Nein. Aber ich musste es wissen, ich musste es von dir hören", erwiderte Arturo. „Es tut mir leid, Pete. Wirklich. Aber Hero bedeutet mir alles. Wenn ich mein Geschäft aufgeben müsste, jeden Penny in meinem Leben, um sie in Sicherheit zu bringen, dann würde ich das tun. Ich musste fragen, mein Freund, denn mir gehen die Ideen aus, wer ihr droht. Ihre Schwester wird vermisst, und die Polizei hat keinerlei Hinweise. Nichts. Wir waren am Ende mit unseren Einfällen."

„Ich verstehe das." Peters Stimme war jetzt wieder leiser, verständnisvoll. Er setzte sich wieder hin. „Schau, ich tue alles, was in meiner Macht steht, um dabei zu helfen, dieses Arschloch zu finden, Turo, aber die Menschen zu verdächtigen, die dir am nächsten stehen, bringt nichts." Er lächelte halbherzig. „Nicht einmal George. Glaubst du wirklich, er hätte den Mumm oder die Intelligenz, so etwas durchzuziehen?"

Arturo lächelte schief. „Nein. Ich bin nur verzweifelt. Er ruft sie an, weißt du, der Mörder, und er sagt ihr, was er ihr antun wird, wie er sie umbringen wird. Sie ist so stark Pete, aber ich habe Angst, dass er sie bekommt."

"Wir werden das nicht zulassen. Kein Psychopath wird sie umbringen, Turo, das verspreche ich." Peter seufzte. „Wir sollten deinen Onkel besuchen. Er hat Leute in den höchsten Positionen der Regierung, die vielleicht dazu in der Lage sind, zu helfen."

„Das werden wir ... aber nicht heute Abend. Heute Abend ... Peter ... ich fahre nach Milan, und Hero und ich gehen in die Stadthalle. Wir werden heiraten, offiziell. Legal."

Peter hatte zum ersten Mal keine Widerworte, und Arturo fuhr fort. „Das ist etwas, was wir für uns selbst tun müssen. Etwas Normales inmitten des ganzen verrückten Chaos."

Sein alter Freund lächelte leise. „Eine Frau zu heiraten, die du erst seit was, einem Monat vielleicht, kennst? Das fällt wahrscheinlich nicht unter normal ...“

Arturo grinste. „Recht hast du. Sie macht mich verrückt. Also sie und ich werden heiraten, und dann reden wir morgen mit meinem Onkel.“

Peter nickte. „Ich rufe ihn an und bitte ihn, seinen Leuten von Imeldas Fall zu erzählen, und wir besuchen ihn am Morgen.“

Auf den Weg nach Milan dachte Arturo über sein Gespräch mit Peter nach. Er glaubte seinem Freund, als er gesagt hatte, dass er Hero niemals etwas antun würde ... aber dennoch plagte ihn etwas im Hinterkopf. „Was ist es?“, murmelte er vor sich hin, als er das Auto vor dem amerikanischen Konsulat parkte.

Sein Kopf wurde sofort klar, als er sie in der Ferne auf sich zukommen sah. Heros Lächeln war breit, ihre Augen leuchteten und sein Herz begann in seiner Brust lauthals zu klopfen. Hatte sie ihm etwas zu sagen?

Er stieg aus und ging zu ihr. „Was ist los?“

Hero hatte Tränen in den Augen, als sie ihn anlächelte. „Es ist Imelda. Sie haben sie gefunden.“

KAPITEL 24

„Sag mir das noch einmal." Arturo versuchte zu verstehen, was Hero ihm auf dem Weg zur Stadthalle erzählte.

Imelda war in Sicherheit ... in Rom, hatte Hero gesagt, und war niemals entführt worden. Sie hatte sich spontan dafür entschieden, mit dem Zug von Milan nach Rom zu fahren, um eine Woche dort Urlaub zu machen.

„Sie war richtig verärgert, als sie erfahren hat, dass wir alle nach ihr suchen. Sie sagte, sie sei eine achtunddreißig Jahre alte Frau und könne tun, was immer sie wollte. Die Polizei, die sie aufgesucht hat, schien richtig Angst vor ihr zu haben."

„Und sie hat es nicht in Betracht gezogen dich anzurufen?"

„Sie war wütend auf mich."

„Immer noch."

Hero lachte leise. „Wen interessiert es? Sie ist in Sicherheit. Gott, Turo, ich bin so erleichtert."

Er nahm ihre Hand. „Das sind fantastische Neuigkeiten. Also wissen wir jetzt, dass dein Peiniger nur blufft."

„Aber er wusste, dass sie vermisst wird, oder zumindest, dass wir dachten, dass sie vermisst wird. Was bedeutet ..."

Arturo fluchte. „Es ist jemand, der uns nahe steht."

„Ja. Zurück auf Start."

„Verdammt."

Hero seufzte. „Schau, jetzt wo Imelda in Sicherheit ist, bin ich fest überzeugt, dass wir der Sache auf den Grund kommen, und nicht nur das, ich kann diesen Moment mit dir wirklich genießen. Wir heiraten, Turo!"

Arturo sah die Frau, die er von Herzen liebte, an und lächelte. „Darauf kannst du wetten."

Auf der Toilette in der Stadthalle zog Hero sich ihr Hochzeitskleid an, bürstete sich ihre Haare und legte etwas Lipgloss auf. Sie liebte die Schlichtheit des Ganzen. Es spielte keine Rolle, dass sie keine große Hochzeitsfeier hatte oder ein teures Kleid. Das Einzige, was wichtig war, war Arturo und seine Liebe.

Sie warteten, bis sie aufgerufen wurden, Hand in Hand. Arturo drückte seine Lippen auf ihre. „Du siehst wunderschön aus, cara mia ... und später werde ich dir zeigen wie wunderschön."

Hero lächelte. „Ich kann es kaum erwarten."

In weniger als fünfzehn Minuten waren sie verheiratet, und danach küssten sie sich, als wäre es zum letzten Mal.

Hero löste sich schließlich lachend von ihm. „Ich muss atmen."

Arturo hob sie auf seine Arme. „Ich habe uns bereits eine Suite gebucht ... Ich wusste, dass ich nach der Hochzeit nicht die Geduld haben würde zu warten, bis wir wieder in Como sind."

„Du kannst mich die ganze Nacht lang haben", flüsterte Hero in sein Ohr. „Für den Rest unseres Lebens. Gott, ich liebe dich so sehr, Arturo Bachi."

Das weiße Kleid lag am Boden, nur Sekunden nachdem sie die Suite betreten hatten, und jetzt streichelte Arturo jeden Zentimeter ihres Körpers, langsam, mit offensichtlichem Genuss. Er saugte an ihren Nippeln, bis sie steinhart waren, fuhr dann mit dem Mund zu ihren Bauch, küsste ihn und umkreiste ihren Nabel mit seiner Zunge.

Dann war sein Mund an ihrem Geschlecht, er drückte ihre Schenkel auseinander, legte sich ihre Knie über seine Schultern. Seine Zunge tauchte in ihre Scham, kostete von ihrem Honig, umkreiste ihre Klitoris, bis sie nach Luft schnappte und ihn anflehte, sie auch ihn kosten zu lassen.

Er drehte sich um, so dass sie seinen Schwanz in den Mund nehmen konnte, und Lust durchströmte ihn, als sich ihre Lippen darum schlossen. Das Gefühl ihrer Zunge, die über die sensible Spitze schnellte, war aufregend, ihre Hände massierten zärtlich seine Hoden, streichelten seine Oberschenkel, als sie anfing an ihm zu saugen. Er kam, als er spürte, wie sie sich versteifte, spritze in ihren Mund, während sie ihn molk, fühlte wie ihre Muschi bebte und sich unter ihrem eigen Orgasmus zusammenzog. Gott, sie war wunderschön, und er konnte es immer noch nicht glauben, dass sie jetzt zu ihm gehörte – ganz die Seine war.

Er drehte sich um, um sie zu küssen, streichelte mit der Hand über ihren Körper, fühlte ihre sanften Kurven und ließ eine Hand auf ihrem Bauch liegen, spreizte seine Finger und stellte sich vor, wie er aussehen würde, rund und angeschwollen mit seinem Kind.

Sie sah ihn mit leuchtenden Augen an, als er sich auf sie legte, ihre weiche Haut an seiner, sie schlang ihre Beine um seine Hüften und rieb ihre feuchte Spalte an seinem Schwanz.

„Fick mich, Turo ... spritz deinen Samen tief in mich."

Sei Schwanz war hart und schwer, wippte unter seinem Gewicht vor seinem Bauch und als er ihn an den Eingang ihrer Muschi brachte, brauchte er keine Hilfe, um tief in sie zu stoßen. Das Gefühl ihrer Muskeln, die sich um ihn herum zusammenzogen, als er zustieß und sich wieder zurückzog, war überwältigend. Beide beobachteten die Bewegung, die Art, wie sich seine Länge immer wieder hinein und heraus bewegte.

„Schau uns an", murmelte er. „Wir sind wunderschön."

Hero war atemlos, als er sie fickte, beide hingerissen von dem Anblick ihrer sich gemeinsam bewegenden Körper. Als sie kam, schrie sie seinen Namen, wölbte ihren Rücken, ihr Bauch drückte gegen seinen. Arturo stöhnte lange und tief, als er seinen Samen tief in ihren Bauch spritzte.

Schließlich kollabierten sie, lachten und schnappten nach Luft. „Das wird niemals langweilig werden."

„Niemals."

Sie liebten sich bis spät in die Nacht, bestellten um drei Uhr früh Champagner, den Arturo über ihren Körper spritzte. Er leckte jeden Tropfen von ihr, brachte sie zum Kichern und dazu, dass sie vor Lust nach Luft schnappte.

Es war vier Uhr früh, als sie endlich eng umschlungen einschliefen. Um fünf stand Arturo auf, um auf die Toilette zu gehen, verließ nur zögernd die Wärme ihrer Umarmung. Als er spülte und sich die Hände wusch, hörte er etwas – ein seltsames Geräusch, das er nicht zuordnen konnte. Er tappte wieder in das Schlafzimmer und einen Moment lang stand er verwirrt da. Hero war im Bett, die Decke war nach unten geschoben. Sie lag auf dem Rücken, sie atmete, aber es war keine natürliche Atmung. Sie rang nach Luft, rang um ... *oh, Gott, nein* ... sein Blick glitt tiefer, wo ihre Hände auf ihren Bach drückten ... und Blut sprudelte zwischen ihren Fingern hervor.

„Nein, nein, nein ..." Er sprang nach vorn, hob ihre Hände an und sah, dass ihr Bauch von Messerstichen zerstört war. *Das konnte nicht passieren ... nein ...* Hero sah ihn an, Verwirrung und Verrat in ihren Augen.

„Du hast mich nicht beschützt, du hast versprochen, mich zu beschützen..." Dann keuchte sie erneut auf, und ihr Körper zuckte, als würde jemand ein unsichtbares Messer in sie stoßen. Frische Wunden erscheinen auf ihrem Bauch ... und er wusste es.

Das war nicht real ... das ist nicht real ... wach auf. Wach auf!

„Turo, wach auf, du tust mir weh, wach auf!"

Arturo öffnete seine Augen, merkte, dass er auf ihr lag und sie mit seinem Gewicht erdrückte, seine Hand drückte auf ihren unverletzten Bauch, um das Blut, das nicht da war, zu stoppen. Er rollte sich von ihr. „Himmel, es tut mir leid. ... Geht es dir gut?"

Hero schnappte nach Luft, nickte, aber ihre Augen waren groß und blickten ängstlich. „Du hast geträumt ... dann hast du angefangen, mich zu drücken ... ich konnte nicht atmen."

Er zog sie an sich. „Gott, es tut mir so leid ... ich dachte ... ich sah ..." Er konnte die Worte nicht aussprechen. Hero strich über seine feuchten, dunklen Locken und beruhigte sich langsam.

„War ich tot?" Ihre Stimme war ruhig, und er nickte.

„Du lagst im Sterben", fügte er hinzu. „Und da war so viel Blut. Ich konnte es nicht stoppen. Konnte es nicht stoppen. Mio Dio ..."

„Schhh ... es ist okay." Sie drückte ihre Lippen auf seine Schläfe. „Mir geht es gut, es war nur ein Traum."

„Ein Alptraum."

„Nur ein Alptraum. Turo, Turo, Turo ..." Sie flüsterte seinen Namen, um ihn zu beruhigen, und es war wie Balsam für seine aufgeriebenen Nerven. Er schlang seine Arme um sie.

„Hero, meine Liebe, meine Frau ... wir werden das überstehen. Ich werde dafür sorgen, dass das alles aufhört."

Sie lächelte ihn an, das Mondlicht brachte ihre Haut zum Glühen, ihre weichen Lippen lagen auf seinen.

„Wir werden das überstehen, ich schwöre es. Ich liebe dich."

„Ti amo, il mia amore. Ti amo."

Vor dem Hotel wartete er, die verdunkelten Fenster seines Autos machten es ihm leicht, alles zu beobachten. Er wusste in welcher Suite sie waren – dem Penthouse. Arturo würde kein geringes Zimmer für seine Hochzeitsnacht buchen. So, jetzt waren sie also verheiratet. Es machte keinen Unterschied für seinem Plan. Hero würde sterben, und dann würde Arturo in die Knie gehen, vollkommen zerstört.

Er fragte sich, ob sie ahnten, dass sie weniger als 24 Stunden hatten, bevor er sie für immer auseinanderreißen würde.

KAPITEL 25

„Es ist wichtig, dass niemand in Como oder sonst wo erfährt, dass du sicher in Rom bist", sagte Arturo am nächsten Morgen zu Heros Adoptivschwester. Sie saßen im Konferenzzimmer des amerikanischen Konsulats und hatten eine Konferenzschaltung zu Imelda, ihrem Anwalt und den Leuten von Konsulat. „Wenn wir die Lüge deiner Entführung dazu nutzen können, den Mörder aus seinem Versteck zu locken, dann ist es umso besser. Er wird es ausnutzen, also sollten wir das auch tun. Er wird versuchen, Hero dazu zu zwingen, zu ihm zu kommen, im Austausch für dich – und wir lassen ihn in dem Glauben, dass er gewinnt."

„Das hört sich ziemlich gefährlich an", sagte Imelda scharf. „Hero, du wirst das nicht tun, oder?"

„Natürlich werde ich, aber mir wird nichts passieren. Er denkt, ich mache mir so verdammt viele Sorgen um dich, dass ich tue, was auch immer er verlangt. Natürlich werde ich verkabelt sein und eine Waffe haben, und die Polizei und Arturo werden sofort da sein, wenn er mich schnappt."

„Mir gefällt das nicht."

„Mir auch nicht, Melly", sagte Arturo. „Aber es ist die schnellste und einfachste Art um ihn – oder sie – hervorzulocken."

„Indem du meine kleine Schwester als Köder verwendest?"

Hero wurde es warm ums Herz bei diesen Worten. „Deine kleine Schwester?"

Imelda schnaubte, versuchte den Ausrutscher zu überspielen. „Du weißt schon, was ich meine."

„Ich liebe dich auch", sagte Hero leise. „Ich wäre gestorben, wenn dir irgendetwas zugestoßen wäre."

Schweigen breitete sich für einen langen Moment aus. „Das werde ich auch, wenn dir etwas passiert", sagte Imelda sanft. „Bitte, Hero ... es muss einen anderen Weg geben."

„Ich kann so nicht weiterleben", sagte Hero. „Das ist der schnellste Weg. Ich verspreche dir, dass ich für dieses Leben kämpfen werde. Für mein Leben."

Ein seltsames Schluchzen erklang am anderen Ende der Leitung, und Hero spürte wie ihr die Tränen in die Augen traten. Arturo streichelte ihren Rücken. „Melly", sagte er, wobei auch seine Stimme leicht brach. „Ich schwöre dir, dass wir in ein paar Monaten alle zusammen sein werden, mit den neuen Nichten und Neffen spielen und all das wird vorbei sein."

„Du bist nicht ...?"

„Noch nicht." Hero gluckste leise. „Turo hat dir das nur ausgemalt."

Schweigen. „Ich mag das Bild."

„Wir auch. Das Konsulat wird dir ein paar Leute schicken, die dich beschützen, während wir das hier durchziehen. Keine Widerworte", sagte Arturo zu seiner Schwägerin. „Das ist nur eine Vorsichtsmaß-nahme für den Fall, dass der Psycho nicht allein agiert."

„Ist das wahrscheinlich?"

„Alles ist möglich."

„Himmel. Versprich mir einfach, dass du am Leben bleibst, Hero. Lass sie das versprechen, Turo."

„Oh, das habe ich bereits, und ich werde es noch einmal tun. Immer wieder, Melly, das garantiere ich dir."

Nachdem sie den Anruf beendet hatten, gingen die Leute vom Konsulat zusammen mit der Polizei noch einmal alles durch. Hero, verkabelt und beschützt, würde allein nach Como zurückkehren und so tun, als würde sie ihre Sachen packen und abreisen. Sie würde an jedem Ort, zu dem sie irgendwelche Beziehungen hatte, ihre Anwesenheit bemerkbar machen: dem Patrizzi, Villa Charlotte, dem Laden, in ihren Lieblingsrestaurants. Sie würde das Telefon bei sich haben auf dem der Mörder sie angerufen hatte und seine Anrufe annehmen, ihm sagen, dass sie bereit war, sich selbst gegen Imelda auszutauschen.

Und dann würden sie warten. Arturo würde allein nach Como zurückkehren und seinen Plan seinen Onkel zu besuchen, umsetzen. Die Polizei hatte Arturo zugestimmt – es war jemand, der sie kannte. „Wir behalten Galiano, die Arbeiter im Patrizzi, deine Freundin im Kunstladen im Auge. Es tut mir leid, aber wir können wirklich niemandem trauen, außer den Leuten hier in diesem Raum. Sogar deinem Onkel nicht, tut mir leid das zu sagen."

Arturo nickte grimmig. „Ich verstehe."

Hero und Arturo gingen zurück in ihr Hotel, um ihre Sachen zu holen, bevor verschiedene Autos sie abholen würden. Sie hielten sich lange umarmt. „Am schlimmsten wird es sein, auf ihn zu warten, bis er etwas tut", sagte Hero. „Wenn wir wüssten, dass heute Abend alles vorbei ist, dann könnten wir zumindest ..."

„Wenn du die Worte Auf Wiedersehen nur richtig verwenden würdest", Arturo schloss seine Augen, sein Gesicht war sorgenvoll. Hero nahm sein Gesicht in ihre Hände.

„Ich wollte das nicht sagen. Ich wollte sagen dann könnten wir unser Eheleben endlich richtig beginnen. Glücklich. Alles wird gut. Ich verspreche dir das."

Aber beide wussten, dass sie sich nicht sicher sein konnten.

„Die Autos sind in einer Stunde hier." Arturo streichelte ihr Gesicht. „Lass uns jetzt keine Zeit verschwenden."

Nur für alle Fälle ...

Ihr Sex war intensiver als am Morgen, als ob ihnen beiden klar wäre, dass es das letzte Mal sein könnte, falls ihre Pläne schief gingen. Als sie sich gemeinsam bewegten, sah Hero ihn an und stellte die Frage, die ihnen beiden durch den Kopf ging. „Meinst du, wir haben eine Ahnung, auf was wir uns da einlasen?"

Arturo schüttelte seinen Kopf. „Ich bin mir nicht einmal sicher, was vor sich geht oder warum das passiert. Alles, was ich weiß, ist ... ich darf dich nicht verlieren."

„Das geht mir auch so."

Er hielt für einen Moment inne. „Versprich mir, dass wenn die Hölle losbricht, du alles tun wirst, um am Leben zu bleiben. Versprich es mir."

„Ich verspreche es."

„Auch wenn das bedeutet ... dich selbst anzubieten ... Himmel, ich kann nicht einmal ..." Schmerz flog über Arturos Gesicht.

„Ich weiß." Sie nickte. „Alles ist möglich. Aber ich werde ihn umbringen, bevor ich das zulasse."

Arturo zuckte zusammen, aber er nickte. „Tu, was du tun musst, Baby. Ich schwöre, ich werde dich da raus holen."

Er hoffte nur, dass er die Wahrheit sagte.

Das Auto hielt vor dem Hotel in Como, und Hero holte tief Luft und stieg aus. Zu ihrer Erleichterung kam sie ohne große Vorkommnisse in ihrem Zimmer an. Ohne ihren persönlichen Schutz – Gaudio – im Zimmer nebenan, fühlte sie sich ausgeliefert und verletzlich.

Sie zog sich aus und ging unter die Dusche, spürte, wie das heiße Wasser ihre Muskeln löste.

Sie zog Jeans und Shirt an und ging ins Wohnzimmer, um sich die Haare zu föhnen.

„Wie ich gehört habe, sind Glückwünsche angebracht."

Hero wirbelte herum und sah George Galiano, der in einem der Sessel saß. Er lächelte sie an, aber es lag keine Wärme darin. Er beugte sich nach vorn. „Signora Bachi."

Hero hob ihr Kinn. „Was zur Hölle glaubst du, das du hier tust? Wie kannst du es wagen, in meine Privatsphäre einzudringen?"

George lächelte. „Ich habe Freunde in diesem Hotel. Und überall in der Stadt. Gerüchte verbreiten sich schnell. Also wofür habt ihr diese Trennung inszeniert? Um mich zu demütigen? Mit mir zu spielen?"

„Raus."

Er bewegte sich so schnell, dass sie nicht einmal schreien konnte. Er schleuderte sie gegen das Fenster, eine Hand an ihrer Kehle, eine über ihrem Mund. Hero roch Alkohol in seinem Atem und sah das gefährliche Glitzern in seinen Augen.

„Ich bin nur gekommen, um mir das zu holen, was du mir schuldest, Hero."

Sie biss in seine Hand, und er schrie auf und schlug sie. „Fick dich, George. Ich schulde dir gar nichts."

Sie schob ihn beiseite und sprintete um ihn herum, aber er warf sich auf sie, zog sie mit sich zu Boden und schob ihr Shirt nach oben. Er sah sofort das Kabel. „Was zur Hölle ist das?"

Er riss es von ihr weg, und Hero trat nach ihm, traf ihn in die Hoden. Wo zur Hölle war die Polizei? Warum brachen sie nicht die Tür auf?

George hielt sie an den Handgelenken fest, und sie versuchte sich zu befreien. „Hör auf gegen mich zu kämpfen, Hero, und das wird nicht unangenehm werden."

„Du Mistkerl ... du warst das? Die ganze Zeit? Hast mein Leben bedroht?"

George schnaubte. „Warum sollte ich jemand wie dich töten wollen, Hero? Nein, ich will mich nur tief in deiner kleinen Fotze vergraben. Warum sollte Bachi alle Weiber hier haben? Jetzt teste ich die Ware."

Seine Hand grub sich in ihre Jeans, und Hero bekam Panik. George grinste, als er ihr die Hosen vom Leib riss. „Entspann dich, Hero,... es wird schnell vorbei sein."

Arturo rief nach seinem Onkel, als er die Tür zu seiner Villa aufstieß, aber er hörte nichts. Er blieb stehen. Irgendetwas stimmte hier nicht. Er hatte Gaudio angerufen und ihn hierhergeschickt, um seinen Onkel zu beschützen, falls etwas schief gehen sollte, und es war seltsam, dass der Bodyguard nicht auf seinem Platz war.

Arturo schluckte die Panik herunter und ging zum Büro seines Onkels. Nichts. „Philipo?"

Er sah in das Badezimmer, die Küche und das Wohnzimmer. Sein Onkel war nirgendwo zu sehen. Arturo holte das Handy heraus, um Hero anzurufen, eine dumpfe Enge in seiner Brust.

Sein Anruf ging auf ihren Anrufbeantworter. *Mist ...* Arturo drehte sich um und wollte zu seinem Auto laufen. Er nahm die schwere Marmorstatue erst wahr, als sie ihm an die Schläfe krachte.

Hero steckte in Schwierigkeiten, und sie wusste, dass es fast ein Wunder brauchte, um sie da herauszuholen. George gesamtes Gewicht lag auf ihr, eine Hand über ihrem Mund und Nase schnitt ihr die Luftzufuhr ab. Ihr wurde schwindelig, und sie wusste, dass George es nichts ausmachen würde, sie umzubringen, falls sie sich wehrte. Stattdessen wurde sie schlaff, spielte ihm vor, dass sie ohnmächtig geworden war. Als sie seinen Schwanz an ihrer Scham spürte, dachte sie, sie müsse schreien. *Bitte nicht, bitte nicht das, nicht so ...*

„Ich weiß, dass du nur so tust, Schlampe." Georges Atem war heiß auf ihrer Wange. „Du sorgst besser dafür, dass das hier gut wird, oder ich bringe dich um."

Seine Hände legten sich um ihre Kehle, und er begann zuzudrücken. Hero keuchte, ihre Augen flogen auf, als das Adrenalin durch ihren Körper schoss. George grinste.

„Hallo, schöne Hure. Und jetzt öffne deine Beine für mich, und du wirst den morgigen Tag eventuell erleben. Weißt du, ich habe ihn dabei beobachtet ,wie er das Messer in Flavia versenkt hat – Gott es war das Heißeste, was ich jemals gesehen habe. Ich könnte dich hier und jetzt erstechen, Hero ..."

Plötzlich wurde Hero richtig wütend. Rasend und mit einem wilden Schrei stieß sie ihn von sich. „Hurensohn! Du willst mich umbringen? Tu es du Abschaum, tu es jetzt!"

Sie krachte gegen ihn, als er versuchte aufzustehen, sein Schwanz wurde schlaff, und sie stieß ihn gegen das Glasfenster der Suite. Es bekam Risse, aber es blieb ganz, und George erholte sich von ihrem Angriff.

„Verdammte kleine Hure ... ich zerreiße dich in kleine Stücke!"

Er sprang auf sie zu, als die Tür der Suite eingetreten wurde und Peter Armley hereingestürmt kam, eine Waffe in der Hand. Als George auf Hero zukam, erschoss Peter ihn, die Kugel drang in Georges Stirn ein und brach seinen Hinterkopf auf. George blieb wie angewurzelt stehen, starrte Hero an und fiel dann zu Boden, seine Augen offen und leer.

Hero zitterte so sehr, dass sie kaum stehen konnte, starrte auf Peter, auf die Waffe in seiner Hand. Einen Moment lang dachte sie, er würde sie erschießen, aber er schüttelte sich, stecke die Waffe wieder in seinen Waffengurt, nahm eine Decke, schlang sie um sie.

„Süße, geht es dir gut?" Er umarmte sie, und sie ließ sich von seiner sanften Stimme trösten. Sie schüttelte ihren Kopf.

„Nein ... nicht ... überhaupt nicht. Bitte Peter, bring mich hier raus. Ich will zu Arturo."

Peter runzelte die Stirn. „Arturo? Weißt du, wo er ist? Ich war gerade im Haus seines Onkels. Dort ist niemand. Auch Philipo ist verschwunden."

Hero sah Peter mit Entsetzen in den Augen an. „Nein ... nein ... er ist dort hingegangen ... sein Auto war nur etwa 20 Minuten hinter mir ... wir müssen dort hin."

Sie stand auf, taumelte und Peter fing sie auf. „Süße, wir müssen dich ins Krankenhaus bringen ..."

Hero liefen die Tränen über die Wangen. „Nein, bitte Peter, bitte ..." Sie schluchzte jetzt, kaum in der Lage zu sprechen. „Wir müssen ihn finden ... George hat mit jemandem zusammengearbeitet ... er hat mir gesagt, dass er denjenigen, der Flavias getötet hat, beobachtet hat. Bitte Peter, wir müssen Arturo finden, bevor ..."

„Okay, okay, okay ... atme erst einmal durch, bitte. Hole tief Luft, Hero ..." Er wartete, bis sie tat, was er sagte und lächelte. „Gut. Kann ich dir beim Anziehen helfen?"

Sie schüttelte ihren Kopf und fühlte sich seltsam, als sie vor seinen Augen ihre Hose anzog. Ihr Körper tat von Georges Angriff weh, aber sie schob das Entsetzen darüber in den Hintergrund. Es gab später noch genug Zeit, um zusammenzubrechen, wenn alle in Sicherheit waren.

Peter schloss die Hotelzimmertür hinter ihnen. „Wir erklären das mit George Körper später."

Als sie zum Fahrstuhl eilten, fragte sich Hero erneut, wo zur Hölle die Polizei war, warum der Plan so schiefgegangen war.

Als Peter ihr ins Auto half, suchte sie die Straße nach einem Anzeichen der Polizei ab. Nichts. Was zur Hölle war los?

„Hier." Peter gab ihr eine kleine Flasche. „Das ist nur Scotch, aber danach wirst du dich besser fühlen."

Hero zögerte, aber als Peter das Auto anließ und losfuhr, nahm sie einen Schluck und dann noch einen größeren. Er hatte recht, das half.

„Peter?"

„Ja, Süße?"

Hero schluckte. „Meinst du, Arturo ist ..." Sie schaffte es nicht, die Worte 'am Leben ' auszusprechen.

Peter nahm ihre Hand. „Alles wird gut, Liebes. Ich schwöre es."

Sie drückte seine Hand. „Danke, dass du mich gerettet hast, Peter. George wollte mich umbringen."

Seine Finger schlossen sich fest um ihre. „Nein Baby, das hätte er nicht. George könnte niemanden töten. Er hat nicht den Mut dazu, Was er dir angetan hat, war ... die Grenze seiner Bösartigkeit. Es tut mir so leid, dass das passiert ist."

„Danke." Ihre Kehle war eng, aber der Alkohol war in ihrem Blut, und ihr wurde etwas schwindelig. Zu schwindelig. „Ich fühle mich nicht gut."

„Das ist der Schock, Süße. Bist du sicher, dass ich dich nicht ins Krankenhaus bringen soll?"

„Nein. Arturo ...ich muss zu ihm ..." Ihre Stimme klang seltsam fremd, und ihre Ohren klingelten plötzlich. „Was ist los mit mir?"

„Ich sagte doch schon, der Schock."

Sie schluckte. „Hat Arturo dich angerufen? Er wollte sich mit dir bei Philipo treffen?"

Peter lachte, aber es klang merkwürdig freudlos. „Ich habe dir das schon gesagt. Er hat mich angerufen, hat mir gesagt, dass sie deine Schwester gefunden haben und mich gebeten, sie zu holen und dich zu ihr zu bringen. Als ich ihn bei Philipo nicht gefunden habe, bin ich zur Villa Claudia gefahren. Deine Schwester war dort. Sie hat mir gesagt, dass ich dich in diesem Hotel finde. Darum wusste ich, dass du dort warst."

Es war, als würde sich ein Eiszapfen in ihr Herz bohren, und Hero wusste sofort, dass ihre schlimmsten Ängste sich bestätigten. Sie wandte sich zu ihm um, sah ihn lächeln, aber seine Augen waren tot und kalt.

„Oh mein Gott", flüsterte sie und wollte nach dem Lenkrad greifen. Peter lachte, als sie mit ihm kämpfte, und schlug ihr dann die Faust auf die Schläfe. Der Schlag war so heftig, dass ihr Kopf ans Seitenfenster schlug. Hero stöhnte, versuchte ihren Sicherheitsgurt zu lösen, krallte sich an der Autotür fest. Peter lachte.

„Gib dir keine Mühe, Schöne. Ich werde das tun, worum du mich gebeten hast. Ich bringe dich zu Arturo."

Hero fühlte, wie die Bewusstlosigkeit sie ummantelte, und starrte ihn entsetzt an. „Hast du ihn umgebracht?"

„Nein. Ich habe Arturo nicht umgebracht. Aber er wird genau wie du mit Kopfschmerzen aufwachen. Ach ja, du fühlst dich etwas benommen wegen der Drogen, die in dem Scotch waren. Ich dachte schon, dass du etwas aufsässig sein würdest."

„Was ist mit der Polizei passiert?" Ihre Stimme wurde schwach. „Warum sind sie nicht gekommen?"

„Unterschätze niemals die Macht des Geldes, Hero."

Sie kämpfte gegen das Betäubungsmittel an. „Du willst sein Geld."

„Nein, du blöde Schlampe … ich will ihn. Wie kommt es, dass niemand von euch beiden, nicht Flavia und auch nicht du, sehen konntet, dass Arturo mir gehört."

Hero sah ihn an und sah den Abgrund seiner Besessenheit. *Peter liebte Arturo?*

„Du liebst ihn."

„Ich bin nicht schwul", sagte er scharf. „Das geht weit über sexuelle Anziehung heraus, aber ich erwarte nicht, dass du das verstehst. Du und Flavia … ihr unterscheidet euch in vielen Dingen, aber das eine, das ihr gemeinsam habt, ist, dass ihr seine Schönheit seht, sein gutes Herz, aber ihr seht *ihn* nicht."

„Du lügst ... ich sehe ihn. Ich sehe jeden Teil von ihm ..." Ihre Stimme schwankte, und ihr wurde einen Moment lang schwarz vor Augen ... dann ... „Du hast Flavia getötet."

„Ja."

„Und du wirst mich töten?"

„Ja, Hero. Ich werde dich töten. Nur dieses Mal wird Arturo zusehen, wenn ich dich ersteche. Er wird zusehen, wie das Licht aus deinen schönen Augen schwindet, und sehen, dass alles für umsonst war. Dass er erneut versucht hat, jemand anderen als mich zu lieben, und es genauso geendet ist, wie es das immer tun wird. Ich werde es genießen, dich zu töten, Hero."

„Du bist wahnsinnig ..." Die Dunkelheit überkam sie jetzt erneut. Peter strich mit einem Finger über ihre Wange.

„Und du wirst nur eine weitere tote Hure sein, Hero ... schlaf jetzt. Mach dir keine Sorgen. Ich werde sichergehen, dass du wach bist, wenn mein Messer in dich eindringt."

Hero kämpfte um ihr Bewusstsein, wissend, dass es ihre einzige Chance war, aber dann überwältigte die Dunkelheit sie, und sie versank, wissend, dass sie eventuell niemals wieder aufwachen würde.

Peter hielt vor Philipos Villa, und für einen Monet lächelte er, als er Heros zusammengesunkene Gestalt betrachtete. „Du bist wirklich hübsch", sagte er, schob ihr Shirt nach oben und entblößte ihren Bauch. Er legte seine Finger darauf, strich über ihre Kurven, stellte sich vor, wie die Haut unter seinem Messer aufreißen würde. „Ja, du bist perfekt. Ich verstehe, warum er dich liebt. Aber für dich ist seine Liebe ein Todesurteil. Was für eine Schande ... ich habe dich tatsächlich gemocht."

Er stieg aus dem Auto, ging zur Beifahrertür und hob sie heraus. Er trug sie in die Villa, direkt in die Küche. Dort legte er sie auf den Tisch.

„Das wird mir als Altar dienen, Süße."

Er ließ sie dort liegen, bewusstlos, und riss die Tür zum Keller auf. Sekunden später zog er einen halb bewusstlosen Arturo die Stufen hinauf. „Komm schon, Turo."

Er ließ Arturo auf einen Sessel fallen und beobachtete, wie sein Freund, seine große Liebe, seinen Blick auf Heros Körper richtete. Peter lächelte. „Es ist an der Zeit, dich zu verabschieden, Turo."

Und er holte sein Messer heraus.

KAPITEL 26

*A*rturo warf sich auf Peter, als Hero ihre Augen öffnete und sah, wie das Messer auf sie zukam. Instinktiv zog sie die Beine an und trat das Messer beiseite, als Arturo mit Peter kämpfte.

Beide Männer gingen zu Boden, rangen miteinander. Peter fing an zu schreien, als Hero sich vom Tisch rollte. „Du bewegst dich verdammt noch mal nicht, Schlampe! Heute wirst du sterben."

„Fick dich, Psycho." Hero rannte zu Arturo, um ihm zu helfen. Sein schönes Gesicht war blutüberströmt von der bösen Wunde an seinem Kopf, und einen Moment lang erstarrte Hero.

„Geh! Lauf Weg!", schrie ihr Liebhaber ihr zu, während er versuchte, Peter festzuhalten, damit er nicht zu ihr gelangen konnte, aber Hero, der jetzt das Adrenalin durch die Adern schoss, lächelte grimmig.

„Auf gar keinen Fall. Heute endet es für dich, Peter."

Peter lachte und schlug Arturo direkt auf die Kopfwunde, brachte ihn erneut zu Boden. Arturo lockerte automatisch seinen Griff und stöhnte schmerzerfüllt auf. Peter befreite sich und rannte Hero hinterher, die zur andern Seite der Küche geflüchtet war und alles, was sie erreichte, ergriff, um ihn zu bekämpfen.

Peter, groß und breit, ließ sie wie einen Zwerg aussehen und schlug ihr mühelos die Pfannen aus der Hand. Hero trat nach ihm, versuchte seine Hoden zu erwischen, aber er schnappte ihren Fuß und verdrehte ihn, bis sie ihr Gleichgewicht verlor.

Dann griff er nach ihr, zog ihren sich windenden Körper zu Arturo, der versuchte, wieder auf die Beine zu kommen. Hero buckelte und zerrte, trat nach hinten aus, während Peter seinen Griff um ihren Arm verstärkte.

„Turo", knurrte er und sprühte dabei Speichel auf Heros Gesicht, die dicht neben ihm war. „Zeit, ihr beim Sterben zuzusehen."

„Nein!" Arturo rappelte sich hoch, kaum in der Lage zu stehen, und Peter lachte. Für einen Moment blieb die Zeit stehen, als Hero und Arturo sich verzweifelt ansahen, dann warf sich Arturo nach vorn auf Peter, der sein Messer tief in Heros Bauch versenkte. Sie schrie nicht einmal – die Luft aus ihren Lungen entwich, als die Klinge in sie eindrang. *Nein. Nein. Das passierte nicht. Es konnte nicht so enden.* Arturos schönes, blutverschmiertes Gesicht war eine Maske des Entsetzens.

Ungeachtet ihrer Schmerzen trat Hero Peter so heftig sie konnte auf die Füße, und der schrie überrascht auf, hatte offenbar erwartet, dass sie zu Boden gehen würde. Sein Griff lockerte sich leicht, gerade genug, damit sie sich ihm entwinden konnte. Dann war Arturo über ihm, schlug Peter zu Boden. Hero trat erneut zu, dieses Mal auf Peters Handgelenk, und er ließ das Messer los.

Sie hob es auf, aber ihre Beine gaben unter dem Blutverlust nach. Sie presste die Hand auf die Wunde und stürzte sich auf die kämpfenden Männer, das Messer in der Hand.

Als Hero bei ihnen war, machte Peter den Fehler, sich zu ihr umzudrehen. Arturo schlug Peter von unten gegen den Kiefer, fest genug, dass er seine eigene Zunge durchbiss. In schmerzerfüllter Wut schlug Peter zurück ... und Hero stach ihm das Messer in seine Kehle.

Peter starrte sie schockiert an, Blut strömte aus der Wunde. Dann atmete er noch ein letztes Mal aus und fiel mit weit geöffneten Augen auf den Boden.

Arturo schob seinen Körper aus dem Weg und ging zu Hero. Sie hustete Blut, und er nahm sie in seine Arme, war selbst kaum noch bei Bewusstsein.

„Nein, bitte halte durch, cara mia ... jemand wird kommen ... jemand wird kommen ...“

Hero sah zu ihrem Ehemann auf und lächelte. „Ich liebe dich so sehr, Arturo Bachi. So, so sehr.“

Arturos Tränen liefen ihm über die Wangen, vermischt mit Blut. „So wird es nicht enden.“

„Halt mich einfach, bis es vorbei ist. Bitte.“ Ihre Stimme wurde jetzt schwächer, und ihre Augen schlossen sich.

„Hero ... Hero ... nein, wach auf, wach auf ...“

Aber sie wachte nicht auf, und Arturo wusste, dass es vorbei war. Er hielt sie in seinen Armen und schloss seine Augen, betete, dass auch ihn der Tod bald holen würde.

Dunkelheit überkam ihn ...

Stimmen. Vertraute und nicht so vertraute. *Helfen Sie uns, Helfen sie ihr ... bitte ...*

„Turo ... Turo? Öffne deine Augen, Sohn.“

Arturo öffnete seine Augen, und das helle Licht im Zimmer tat seinen Augen weh.

„Genau so, Turo. Gut. Du bist im Krankenhaus, Sohn.“ Er kannte diese Stimme. Philipo.

„Onkel?“

Eine raue Hand nahm seine. „Ich bin es. Du bist seit einer Woche bewusstlos. Sie mussten dich operieren. Du hattest eine Gehirnblutung, Sohn."

Arturo war das egal. „Hero ..." *Bitte sag nicht, dass sie tot ist, bitte bitte ...*

„Baby?"

Ihre Stimme saugte ihm die Luft aus den Lungen. „Hero?" Endlich fokussierten sich seine Augen, als seine Liebe, die einzig wahre Liebe seines Lebens, sich über ihn beugte und seine trockenen Lippen küsste.

„Ich bin hier, Baby. Ich gehe nicht weg." Sie war blass, ihre dunklen Haare in einem wirren Pferdeschwanz, aber sie hatte noch niemals schöner ausgesehen.

„Geht es dir gut? Du wurdest niedergestochen! Ich dachte ..."

„Ich hatte Glück. Das Messer hat meine Organe nicht verletzt."

Philipo legte seinen Arm um Hero. „Sie hat ihrem Namen alle Ehre gemacht, Turo. Sie ist aus der Küche zu deinem Auto gekrochen, hat dein Handy gefunden und die Polizei angerufen."

Arturo suchte ihre Hand und drückte sie. „Ich dachte du wärst tot. Du ... da war so viel Blut."

Hero nickte. „Als ich zu mir gekommen bin, warst du bewusstlos, und ich wusste, dass ich Hilfe holen muss."

Sie lächelte reuevoll. „Es hat ein bisschen gedauert. Ich habe immer wieder das Bewusstsein verloren, aber dann habe ich es doch geschafft."

„Du bist auf und läufst herum." Arturo schüttelte verwundert seinen Kopf und zuckte dann ob der Schmerzen zusammen.

„Du kennst mich", sagte sie, strich ihm die Haare aus dem Gesicht und lächelte ihn an.

„Mich haut so schnell nichts um."

„Mio Dio, Ich liebe dich, Hero Donati."

Sie lächelte. „Hero Bachi", sagte sie sanft, und er grinste.

Philipo räusperte sich. „Ah, ja. Ich muss dazu etwas sagen. Ihr habt geheiratet und habt mich nicht eingeladen?"

Hero umarmte den alten Mann. „Keine Sorge, wenn wir beide wieder gesund sind, dann haben wir eine richtig große Feier in der Villa Claudia. Meine Eltern sind auch hier", sagte sie an Arturo gewandt und verzog das Gesicht, als Melly hinter ihr den Raum betrat. „Und auch Melly. Sie sorgt dafür, dass ich mich nicht verausgabe." Hero verdrehte die Augen.

Arturo gluckste leise. „Ich kann es nicht erwarten, deine Eltern kennenzulernen."

Hero beugte sich zu ihm und küsste ihn, und jetzt bemerkte er, dass sie sich vorsichtig bewegte, sich immer noch von ihren Verletzungen erholte. „Ti amo."

„Ti amo, Hero. Was ist mit ...?

„Die Polizei kümmert sich um alles. Es ist zu einem internationalen Fall geworden. Das Konsulat ist nicht glücklich über die italienische Polizei, um es vorsichtig auszudrücken. Sie versuchen immer noch herauszufinden, woher Peter seine Informationen hatte und wie er es geschafft hat, uns in diese Situation zu bringen."

„Er ist tot?"

Heros Gesicht wurde hart. „Eiskalt. Kein Verlust."

„Er hat Flavia ermordet?"

Sie nickte.

Arturo war erstaunt, als er sah, wie Imelda ihre Arme ohne Zögern um Hero schlang und sie festhielt. „Wenn Armley George nicht umgebracht hätte, dann hätte ich es selber getan, dafür, dass er versucht hat, meine kleine Schwester zu vergewaltigen."

Arturo wurde blass. „Hat er – Hero – Ich -"

„Nein. Kurz davor. Aber nein." Sie schüttelte ihren Kopf und schmiegte sich in die Umarmung ihrer Schwester.

Arturo seufzte erleichtert, und Imelda nahm seine Hand.

„So viel geschehen, aber wir sind jetzt darüber hinweg. Ich werde alles tun, was ich kann, um sicherzustellen, dass es euch beiden gut geht."

Philipo blinzelte sie an. „Ich habe mich wahrscheinlich ein bisschen in dich verliebt, Imelda Donati."

Imelda grinste ihn an. „Und ich mich in dich."

Einen Moment lang sahen sich Arturo und Hero in die Augen und grinsten, und Imelda ließ ihre Schwester los. „Komm Phil, lass und etwas Kaffee holen und die zwei kurz allein lassen."

Als sie allein waren, klopfte Arturo neben sich auf das Bett. „Ich rutsche zur Seite ... ich muss dich in meinen Armen halten."

Sie schafften es irgendwie, sich in dem Krankenhausbett zusammen-zukuscheln. Hero schmiegte ihr Gesicht an seinen Hals, verteilte Küsse auf seinem Kiefer. Arturo strich mit der Hand über ihren Bauch, spürte die dicken Verbände. „Tut es weh?"

„Die Muskeln tun weh, wenn ich mich bewege, aber sie werden heilen. Es ist nicht wirklich schlimm. Ich hatte Glück."

Arturo lachte trocken. „Glück? Ich habe es zugelassen, dass er dir weh tut."

„Du hast nichts getan. Ich würde jetzt tot sein, wenn du nicht gewesen wärst."

Sie schwiegen einen Moment, erinnerten sich an das Entsetzen jenes Tages. „Dich auf dem Tisch zu sehen wie ein Opferlamm ... Mio Dio, Hero. Ich dachte, das wäre das Ende. Ich war mir nicht sicher, ob ich stark genug war, gegen ihn zu kämpfen, aber ich konnte ihn auf keinen Fall ..."

„... mich erstechen lassen. Was er Flavia angetan hat. Er hat dich geliebt, Arturo. Er hat mir versichert, dass er nicht schwul ist, aber dass du immer zu ihm gehört hättest."

Arturo zuckte zusammen. „Was zur Hölle?"

„Er war verrückter als ein Suppensandwich."

Arturo musste trotz des ernsten Themas lachen. „Ein was?"

„Nur so ein Spruch."

„Aus Chicago?"

Hero grinste. „Nein. Ich habe es irgendwann mal im Fernsehen gehört. Aber es ist wahr."

Sie in seinen Armen zu halten, fühlte sich so richtig an, so beruhigend, dass er seine Schmerzen vergaß. „Hero, wenn wir beide hier raus sind, dann werden noch einmal ganz von vorn anfangen."

Hero lächelte ihn an. „Auf jeden Fall."

Und sie küsste ihn so leidenschaftlich, dass er nichts um sich herum mehr wahrnahm außer ihr.

KAPITEL 27

*S*echs Monate später ...

HERO KICHERTE, ALS ARTURO DAS HANDTUCH WEGNAHM, DAS SIE SICH um ihren Körper gewickelt hatte. „Turo, wir werden zu spät kommen."

„Ist mir egal ... du siehst zum Anbeißen aus, so nass und sexy." Er zog sie auf das Bett, und sie seufzte glücklich, als seine Lippen auf ihre trafen. Sie konnte seinen langen dicken Schwanz spüren, der sich an ihren nackten Bauch presste. Sie schlang ihre Beine um ihn.

„Du bist berauschend, Signore Bachi." Sie stöhnte, als er in sie glitt, und begann sich zu bewegen. Arturo lächelte auf sie herab, als sie sich liebten, seine Arme neben ihrem Kopf.

Sie streichelte sein Gesicht, als er immer wieder zustieß. „Gott, ich liebe dich."

Arturo gluckste. „Ti amo, il mia amore ... per sempre ..." Für immer ...

Sie lächelte zu ihm auf. „Fick mich hart, Bachi, bis ich nicht mehr geradeaus laufen kann."

„Ist mir ein Vergnügen." Er drückte ihre Hände auf das Bett und begann, fest zuzustoßen. Hero hob ihm ihre Hüften entgegen, damit er sich tief versenken konnte.

„Wir werden uns definitiv verspäten ... *oh ... oh ja ...Gott ... Turo ... ja!*"

Immer noch erhitzt von ihrem Liebesakt nahm Hero die Hand, die Arturo ihr hinhielt, und stieg aus dem Auto. Der Platz vor der neu renovierten Villa Patrizzi war voller Presse und Leuten, die auf die großer Eröffnung warteten. Der Name des Hotels war verhangen, damit Arturo ihn als Teil der Zeremonie enthüllen konnte.

Arturo und Hero mischten sich unter die Menschen und sahen ihre Freunde, die sie begrüßen wollten.

Gaudio hatte einen freien Abend, und er begrüßte sie wie alte Freunde mit Fliss an seinem Arm. Hero grinste sie an. „Immer noch alles gut bei euch?"

„Darauf kannst du wetten. Nächste Woche ziehe ich zu ihm."

Hero umarmte sie. „Ich freue mich so für euch beide. Lass uns bald was zusammen unternehmen, ja?"

„Auf jeden Fall. Oh, sieht so aus, als würde dein Mann eine Rede halten."

Arturo war auf der Bühne mit dem geladenen Gast, einem internationalen Filmstar, der eine Villa am See hatte. Arturo stellte seinen Gast vor, und der Schauspieler hielt eine kurze Rede, wandte sich dann aber sofort wieder Arturo zu.

„Jetzt denkt ihr wahrscheinlich, dass ich hier bin, um das Band durchzuschneiden und den Namen des Hotels zu enthüllen ... aber in diesem Fall, mein Freund ... wenn man die Umstände bedenkt, bin ich der Meinung, dass ich dir diese Ehre überlassen sollte. Also übergebe ich jetzt wieder an meinen Freund und das Genie, das hinter diesem Projekt steckt – Arturo Bachi."

Hero klatschte wie wild, wissend, dass Arturo ein bisschen davon überrumpelt sein würde.

Arturo trat wieder an das Mikrofon und dankte seinen Gästen. Dann hielt er einen Moment inne und holte tief Luft. „Freunde ... Es ist kein Geheimnis, was ich schon seit langem für diesen Ort geplant hatte ... und die aufregende Vergangenheit, die ich damit hatte. Letztes Jahr hatte ich fast alle Teile zusammen ... dann kam eine wunderschöne Fremde und hat alles verändert. Mein ganzes Leben. Und mio Dio ... ich bin so dankbar dafür. Hero Donati ... du bist meine Liebe, mein Leben, meine Frau, und das alles hier würde mir ohne dich nichts bedeuten."

„Dieses Hotel befindet sich seit Jahren in der Umgestaltung, aber für mich ist es erst zur Realität geworden, als Hero in mein Leben kam. Als ich ihm also einen Namen geben musste, gab es keinen Zweifel. Ladies und Gentlemen, ich heiße Sie herzlich in der Villa Hero willkommen."

Hero keuchte erschrocken auf, und eine Million Blitzlichter gingen los, als Arturo an dem Band zog und die Verhüllung zu Boden glitt und das große eiserne Schild aufleuchtete. Villa Hero.

Tränen standen in ihren Augen, und sie kämpfte sich zu ihm nach vorn. „Ich fasse es nicht. Danke ... Gott, was für eine Ehre, Turo." Sie war hibbelig und vollkommen aufgelöst, als die Menge ihnen zujubelte, aber als Arturo sie in die Arme nahm, verschwand alles andere.

„Ich bin es, der sich geehrt fühlt, Hero Donati Bachi, die ganze Zeit ..." Und er küsste sie, bis ihr schwindelig wurde und der Lärm der Menge nichts weiter als ein Lied in der Morgenbrise war ...

ENDE

✿ Erstellt mit Vellum